꼴찌 김부장의 화려한 노년

꼴찌 김부장의 화려한 노년

게으름 피우지 않고

항상 깨어 있는 마음으로

김진혁 지음

좋은땅

목차

제1장

―――

약방집 큰아들

왕자로 태어나다

기억도 희미한 두세 살? 때의 일인가 보다. 70년이 지난
지금도 기억나는 한마디가 있다. 증조할머니께서 사랑방에
서 안방으로 이어진 마루로 나오시면서 "군아! 군아!" 하고
부르신다. 증손자인 나를 부르실 때 꼭 '군'이라고 부르셨
다. 두 살 위이신 고모에게는 "양아! 양아!" 하고 부르셨다.
증조할아버지와 할아버지는 일찍 돌아가셨다. 증조할머니
가 집안의 가장 웃어른이셨다.

가족으로는 증조할머니, 할머니, 또 한 분의 할머니 그리
고 엄마, 아버지, 삼촌 두 분, 고모, 그리고 나를 합해서 9명
이 모두 한집에서 살았다. 옛날 집으로는 꽤 큰 집이다. 방
3개, 부엌 그리고 곡식을 저장하는 뒤주간이 있었다. 당시
우리 집은 꽤 부자였다. 면 소재지에 위치하면서 석유 배
급, 누에고치 수매, 우편물 취급, 벼 수매 창고 업무, 매약
업까지 면 단위의 싱권을 모두 가지고 있었다. 아버지는 열
다섯에 일본으로 가서 고학으로 '대판상고' 야간을 다니
셨다고 하는데 '졸업장'이 없어서 확인은 받지 못했다. 귀국

후 경찰에 투신하여 고향 경찰서에서 근무하셨다. 6·25가 터지자 공산군을 피해서 피신 다니시다가 휴전 후 복직을 하셨다.

경위로 승진하기 직전에 할아버지께서 갑자기 돌아가셨다. 가업을 이을 사람이 없어 경찰을 그만두고 가업을 이었다. 물려주신 사업을 유지만 해도 엄청난 부를 쌓을 수 있었다. 농촌에서 추수한 벼를 정부가 수매를 하면 일정 기간 창고에 보관을 하는데 창고의 주인을 '창고장'이라 한다. 아버지가 바로 '창고장'이 되었다. 창고장은 시골에서 부의 상징이었다.

매달 정부로부터 보관료가 지급된다. '창고장'은 보관된 벼의 수량과 품질을 잘 관리하였다가 필요시 반출하면 임무가 끝났다. 금전적으로 부족함이 없었고 시골 생활보다는 도시 생활에 더 익숙한 아버지는 서울 출타가 잦았다. 그만큼 집안일에는 무관심했다. 집 안에는 항상 일하는 일꾼들이 많았다. 너무 어릴 적이라 확실한 기억은 없지만 집에는 주로 엄마와 할머니와 내가 있었다. 일하시는 아저씨들은 나를 '도련님'이라고 불렀다. 증조할머니께서는 경주 최씨 양반 가문의 규수로 자랐다. 자손이 귀한 집안이라 증조할머니께서는 증손자이자 장손인 나에게 왕자 군(君) 자를 써서 격을 높여 주고 싶었던 게 아닌가 생각된다. 고모는 여자이므로 여자애 양(孃) 자를 써서 귀한 티를 내고 싶으셨던 것 같다.

이렇게 나는 세상에 이름 석 자를 올리게 되었다. 그 후 남동생 둘, 여동생 셋이 더 태어났지만 여동생 둘은 어릴 때 사망했고 지금은 4남매만 남았다. 한마디로 귀하게 태어났다. 그러나 아버지의 잦은 출타와 지방자치선거(면장, 통일주체국민회의대의원 등)에서 낙선하면서 가세가 기울었다. 중학교 입학 무렵에는 하루 세 끼 밥도 제대로 못 먹고 지냈다. 겨우겨우 중학교에 장학생으로 진학했다. 우리 형제들은 비교적 영리하였다. 무조건 공부 외에는 우리가 살길이 없다는 생각으로 공부하기를 원했다.

가정 형편은 말이 아니었다. 어머니는 매일 이웃집에서 돈을 빌려 와야 했다. 급기야 어머니는 계주가 되어서 계원을 모으셨다. 계주는 돈을 넣지 않아도 맨 마지막에 계금을 탄다. 이렇게 어려운 과정을 거쳐 우리 형제들은 막내인 여동생까지 대학을 마쳤다. 꿈만 같다. 바로 밑의 동생은 천재라는 소리를 들었다. 경북 지역에서는 최고 일류인 고등학교를 졸업했다. 증조할머니께서 왕자처럼 되라고 '군'이라는 호칭을 불러 주신 것 덕분이라고 생각한다.

말 한마디가 평생 그 사람의 인생을 좌우할 수도 있다. 우리도 자식들이나 자라나는 어린이들에게 용기와 희망을 줄 수 있는 좋은 말을 많이 해야 한다.

약방집 큰아들

사람은 태어나면 이름을 가진다. 태어나기 전에도 태명이라는 것이 있다. 지금 내 이름은 두 번째 이름이다. 첫 번째 이름은 경운[경사 경(慶), 구름 운(雲)]이었다. 구름 운(雲) 자가 있으면 명이 짧다고 현재 이름으로 바꾸었다. 그래서 그랬는지 일흔이 지난 지금까지 큰 탈 없이 지내고 있다. 부모님이 지어 주신 이름 외에도 살면서 자연스럽게 얻어지는 이름도 많다.

아빠, 엄마, 오빠, 동생, 형, 매형, 고모부, 이모 등등 혈연관계에 의해서 맺어지는 이름이다. 사회생활이나 직장에서 쓰는 호칭은 너무너무 많다. 대리, 과장, 부장, 처장, 사장, 판사, 검사, 의사, 변호사, 사무관, 서기관, 회장, 부회장, 본부장 등 셀 수도 없다. 가족 관계에서 생기는 이름은 명령, 복종이나 이해관계가 아니다. 하지만 사회생활이나 직장에서 호칭은 엄격한 상하관계와 이해관세에 얽혀 있다.

또 시간이 지나고 자리가 바뀌면 상하관계나 이해관계의 성격도 달라진다. 따라서 호칭을 잘못 부르면 상대방의 심기를 상하게 하거나 모욕감을 줄 수도 있다. 그렇다고 상대방을 너무 의식하여 지나치게 높여 부른다거나 또 반대로 지나치게 낮추어 불러도 실례가 된다. 때문에 우리는 평생을 상대방에 대한 호칭에 신경을 쓰면서 살아야 한다.

중학교 입학 전까지는 시골 유지였던 아버지의 그늘에 가려서 이름 대신 누구누구 씨 큰아들이라고 불렸다. 손님이 오시면 인사도 시켜 주셨다. 중학교 입학 후 고등학교 졸업 때까지는 약방집 큰아들로 불렸다. 아버지는 할아버지가 하시던 약방을 물려받았다. 개인적으로 약방집 큰아들이라는 이름을 좋아했다. 약방은 시골에서는 하나밖에 없는 귀한 직업이었고 수입도 좋은 편이었다. 수입에 비해 씀씀이가 커서 살림살이가 풍족하지는 않았지만 친구들이 부러워했던 기억이 난다.

고등학교 졸업 후 재수하면서 잠시 초등학교 임시 교사를 했다. 그때는 총각 선생님이라 불렸다. 대학 시절엔 초등학생 대상으로 과외를 한 인연으로 과외 학생 부모님들은 선생님 또는 대학생 총각이라고 불렀다. 이렇듯 끊임없이 이름이 바뀌고 또 바뀔 때마다 인생도 바뀌어 갔다. 대학 졸업 후 입대하여 논산훈련소와 제2부사관학교를 거쳐 하사로 임관, 육군 김 하사가 되었다. 생전 처음 계급이 있는 이름을 가졌다. 입대하면 훈련병부터, 이등병, 일등병, 상등병, 병장, 하사의 순으로 진급한다. 하사는 단기 복무 사병 중에는 가장 높은 계급이다. 통신병과로 가설중대, 가설조장으로 복무했다.

전역 후 지방 공무원으로 근무 시에는 김 서기 또는 김 주사라고 불렀다. 결혼을 하면서 남편이 되고, 김 서방(사위를 부르는 말)이라는 이름도 얻었다. 직장을 국영 기업체로 옮겼다. 말단 직원일 때는 여직원들은 김 선생님 또는 김 주사님이라고 부르고 상급자들은 그냥 이름을 불렀다. 직급 체계가 계장, 과장, 차장, 부장, 임원, 부사장, 사장 순으로 되어 있었다. 계장 승진 후 아빠가 되고 자연스럽게 아저씨가 되었다. 처음에는 아저씨라는 이름이 어색하고 생소했지만 금방 익숙해졌다. 부장으로 정년퇴직을 하면서 사위를 맞이했고 장인이라는 타이틀도 붙었다. 이맘때쯤 법주사 템플 스테이에 참가해 나는 지월, 아내는 명심화라는 법명을 수계했다.

퇴직 후에 호칭은 다소 애매하다. 대부분은 부르기 쉽게 김 사장, 김 형, 이렇게 부르는 경우가 흔하지만 동기 모임이나 직장 모임에서의 이름은 다르다. 옛 직장에서 부르던 직명을 부를 경우도 있고 퇴직 후 다른 직장을 가진 경우는 새로운 직장에서 얻은 직명을 부르기도 한다. 또 전문자격사 모임의 경우는 이름 뒤에 자격증 이름을 붙이기도 한다.

각설하고 나이 들어 현직에서 물러나면 계급장을 뗀 누구나 허물없이 쉽게 부를 수 있는 정겨운 애칭을 만들어 부르면 좋을 것이라는 생각을 해 본다. 손자, 손녀가 태어나면서 할아버지가 되었다. 4살짜리 막내 손자는 우리 내외에게 인덕원 할아버지, 인덕원 할머니라는 이름을 지어 주었다. 서울 사시는 사돈댁은 목동 할아버지, 목동 할머니, 그리고 청주에 사시는 사돈댁은 시골 할아버지, 시골 할머니라고 이름 지었다. 인덕원에서 20년 이상 살았으니 인덕원 할아버지라는 이름이 낯설지 않고 정겹다.

인덕원은 본래 환관들이 퇴궐하고 모여 살았던 곳이다. 가난한 이웃들에게 덕을 베풀며 살았던 곳이라 하여 인덕원이 되었다고 전해진다. 현재는 경기 남부 지역의 교통의 중심이 되었지만 이사 올 당시만 해도 온통 논밭이었다. 비포장도로로 비 오는 날엔 장화 없이는 살 수도 없었다. 그 후 지하철도 생기고 도로도 넓히고 포장도 했다. 다행이 시집간 딸들도 모두 인근에 살고 있어 매일 얼굴을 보면서 지낸다. 과천에 사는 5살 막내 손자는 특히 우리 내외를 잘 따라서 아침저녁으로 출퇴근하면서 돌봐 주고 있다.

감기가 걸려도 비슷한 시기에 함께 걸리고 몸살도 같이 한다. 동네 단골 의원 원장님 말씀이 요즘엔 손자병, 할아버지병이 있다고 한다. 할아버지가 아프면 손자가 따라 아프고 손자가 아프면 다음에는 할아버지가 따라서 아픈 병이라고 한다. 처음 듣는 이야기지만 웃어야 할지, 울어야 할지 세상에는 별일도 많다는 생각이 든다.

약방집 큰아들이 50년 후 인덕원 할아버지가 되었다. 되돌아보면 내 인생에서 지금이 가장 여유롭고 행복하다. 자식들에게서도 해방, 직장이라는 큰 짐에서도 해방, 오로지 자신만을 위해 살 수 있는 유일한 시간이기 때문이다. 사회생활에서 얻었던 이름과 직함의 굴레에서 벗어나서 손자가 지어 준 인덕원 할아버지, 인덕원 할머니라는 소중하고 정겨운 이름으로 살아가고 있다. 이제부터 내 이름은 영원히 인덕원 할아버지다.

특수한 관계는 싫어

우리는 일상생활에서 관계라는 말을 자주 쓴다. 사람은 물론 동물들도 복잡한 관계를 맺고 살아가고 있다. 가까운 가족 간의 관계, 가족관계도 부모 자식관계, 형제간의 관계, 외가, 처가와의 관계, 그리고 사회적으로는 직장 동료 관계, 상사와 부하 간의 관계, 초등학교, 중·고등학교, 대학교, 대학원 등 학교 선후배 관계, 군대 입대 동기, 제대 동기, 회사 입사 동기, 퇴사 동기, 심지어 각종 취미 활동 모임 관계 등등. 우리의 인생은 그야말로 관계로 시작해서 관계 끝난다 해도 이상하지 않다.

그러다 보니 수없이 많은 관계가 원만하게 오래도록 잘 유지된다는 보장도 없다. 결국 관계를 맺고 있는 사람들 간에는 공통점과 공통된 목표가 있다. 같은 조상은 가족 관계를 만들고 같은 직장은 동료, 선후배, 상사와 부하 관계를 만든다. 사회적으로 출세를 하는 사람은 인간관계가 좋다고 한다. 그런 면에서 나는 인간관계가 별로 좋지 못하다는 평을 들으면서 살아왔다.

그렇다고 무리하게 인간관계를 좋게 만들고 싶지가 않았다. 다만 우리 형제들 간의 관계는 더없이 좋은 관계를 유지하고 싶었다. 너무너무 고생하며 자란 탓일 것이다. 나는 4남매 중 장남으로 남동생 둘과 여동생이 한 명 있다. 우리는 지금까지 형제끼리 싸워 본 적이 한 번도 없다.

부모님께서 살아 계실 때는 물론이고 부모님께서 돌아가신 후 지금까지도 소리 높여서 싸운 적은 단 한 번도 없었다. 스스로 생각해도 이상할 정도다. 알고 보면 해답은 간단하다. 형제들 간에 양보를 잘한다. 아버지의 잦은 선거 출마로 평생을 가난하게 살았다. 그래서인지 형제간에는 도우고 양보하며 사는 것이 몸에 배었다. 상급 학교 진학 문제부터 결혼 문제, 심지어는 부모님을 모시는 일까지 한 번도 다투어 본 적이 없다. 형편에 따라서 스스로 부담했다. 동생들이 경제적으로 형편이 좋을 때는 동생들이 집안일을 부담하고 내가 형편이 좋을 때는 내가 부담했다.

형이라고 더 부담하고 동생이라고 덜 부담하지 않았다. 능력이 닿는 만큼만 부담했고 대가를 바라지도 않았다. 그러다 보니 크게 출세한 사람 없이 모두가 지극히 평범한 가정의 가장으로 살아가고 있다. 아쉬운 점이 있다면 특히 공부를 잘했던 둘째가 원했던 법대에 진학할 수 있도록 지원을 해 주지 못한 점이다. 동생보다 공부 못한 친구들도 모두 유명한 법조인이 되었다. 세간에 그런 집안들이 많이 매스컴에 오르내리고 있는 현실을 보면서 집안의 첫째로서 책무를 제대로 못 한 것 같아 형제들에게 미안하다. 그래도 우리 형제간의 관계는 여전히 초록불이다. 형제간 좋은 관계는 자신 있게 자랑할 수 있다.

오래전 일이다. 직장에서 간부 승진을 앞두고 있을 때 일이다. 사장의 비서실장이 은밀하게 불렀다. 대통령 동서분이 고향에서 국회의원에 입후보했는데 사장님과 대통령이 육사 동기였다. 어떤 방식으로든 선거에 도움을 줬다는 명분이 필요했다. 그의 유일한 고교 후배가 나라는 것을 알아냈다. 선거 유세 기간 중에 고향으로 출장을 보내 줄 테니 선배 선거사무실에 다녀오라고 했다. 근태 처리며 출장비 등 비용 일체는 비서실장이 알아서 처리할 것이라 했다. 고향에 가서 선거사무소에 들러 눈도장 찍고 부모님도 뵙고 친구들도 만나고 며칠 쉬고 오라고 했다.

다른 직원들은 이러한 호재를 못 잡아서 안달이겠지만 나는 밀린 업무가 많다는 핑계를 대고 비서실장의 요청을 거절했다. 사실 당시의 현지 분위기는 비서실장이 도우고자 했던 후보가 100% 당선이 유리한 상황이었다. 부담 없이 눈도장만 찍고 오면 되는 아주 쉽고 생색내는 일이었다. 그러면 나의 앞길에는 도움이 될 건 뻔했다. 반대로 실장의 부탁을 단호히 거부함으로서 그들 실세와의 관계를 아주 나쁘게 만들었다. 알고 선택한 결과였다. 그 후 사장은 연임되었고 실장과는 상하관계로 근무를 하여 눈에 보이지 않는 피해를 입었다.

그런 이유만은 아니겠지만 결국 승진에서 누락되고 그들만의 잔치가 6년을 이어졌다. 5년 후에 겨우 승진을 했다. 입사 동기들보다 무려 10년이나 늦었다. 스스로 설정한 잘못된 관계(?)가 많은 영향을 미쳤다. 좋은 관계가 작용하면 좋은 결과가 나오겠지만 사회적인 관계의 대부분은 특수한 (?) 이해관계가 복잡하게 얽혀 있어서 문제다. 예를 들면 자신의 사회적인 지위를 이용한 자녀의 학교, 취업, 군대 등 청탁 관계는 아주 오래된 관행처럼 대물림을 하고 있지만 오히려 당연시 되고 있다. 오죽하면 청탁금지법이 만들어졌을까? '유전무죄 무전유죄'는 금전관계에서 나온 말이고 내연관계란 은밀한 연인 관계를 나타낸다. 관계라는 말이 좋은 측면보다는 부정적인 측면에서 많이 쓰이고 있다. 일반 모임에서의 관계도 그렇다.

별로 개인적인 관계를 많이 맺지는 않지만 의리가 없는

것은 아니다. 친한 친구는 한없이 친하고 가족 간 관계도 좋고 아내와의 관계도 한없이 좋다. 하지만 특별한 집단에 속해서 특별한 이익을 바라면서 특별한 관계를 맺는 것을 좋아하지 않는다. 구속받기 싫은 이유다. 개인 사업을 하는 사람들은 정관계에 관계를 맺기 위해서 수단과 방법을 가리지 않는다. 공공기관에 근무하는 이들도 이에 못지않게 관계를 중요시한다. 관계를 맺고 유지하기 위한 수단으로는 금품이 수반된다.

옛말에 "냉수라도 한 잔 얻어 마시면 아무것도 안 주는 것보다는 낫다."는 말처럼 하찮은 금품이라 할지라도 전혀 안 주는 것보다는 낫다는 말이다. 이런 예를 들라면 셀 수도 없이 많다. 지방에 있는 지사에서 근무할 때다. 명절 때 선물을 주지도 않고 받지도 않기로 했다. 상사에게 상납은 물론 부하로부터 받지도 않았다. 후일 직접들은 바로 지사에서 본부로 명절 선물하지 않은 지사 직원은 나 한 사람뿐이었다고 한다. 기가 찰 노릇이었다. 이렇게 인간관계를 못하니 나를 좋아하지 않는다. 그래서 승진에서 번번이 고배를 들었다. 승진을 앞두면 상사의 집을 방문하는 것이 관례처럼 되어 있었다. 나는 가지 않았다.

이건 팩트다. 퇴직 후 지난날을 되돌아보면 결국에는 나

뻔 관계도 좋은 관계도 없었다. 오히려 서로 주고받음이 있었던 관계는 권력이 살아 있는 동안 유지된다. 일상적인 관계에서는 일이 끝나면 자연스레 소멸이 된다. 지금까지 유지하고 있는 관계는 초등학교 동창 모임, 입사 동기 모임, 퇴직 동기 모임, 가족 모임, 전문자격사 모임 등이다. 도움을 받고 나만의 이익을 얻기 위한 관계보다 서로 돕고 서로를 위하는 건전하고 멋진 관계가 늘어나기를 바란다. 그렇게 되어야 건강하고 멋진 사회, 국가, 세계가 될 것이기 때문이다.

엄마 사랑해요

살아생전 엄마는 늘 말씀하셨다. "형제간에 절대 싸우지 말고 우애 있게 지내라.", "가난하다고 기죽지 말고 밖에 나가서 집안 얘기는 가능하면 하지 말고 남을 이기려고 하지도 말아라.", "지는 것이 곧 이기는 것이다." 이 세상 누구의 엄마가 자식을 사랑하지 않겠는가마는 우리 엄마 자식 사랑은 눈물겹도록 지극했다. 2대 독자 집안의 며느리로 시집오셔서(엄마는 1남 5녀 중 장녀) 아들 하나를 낳았으나 돌 지내고 저세상으로 보냈다. 그 원통, 애통함이야말로 어찌 말로 표현할 수 있었을까? 그 후 아들 셋, 딸 셋을 낳아 딸 둘은 먼저 저세상으로 보냈으니 자식에 대한 엄마의 애정은 남달랐다. 엄마는 절대로 자식들을 때리지 않았다.

혹자는 자식은 때려서 키우라고 했는데 맞고 자란 놈은 남을 또 때린다. 엄마는 절대로 매를 들지 않으셨고 형제간에도 절대로 싸우지 못하게 하셨다. 엄마 자신도 이웃과 큰소리 내면서 싸우시는 것을 본 적이 없다. 싸움하는 걸 무엇보다 싫어 하셨고 특히 형제간에 싸움은 절대 금지였다.

철든 후 환갑이 모두 넘은 우리 형제들은 아직까지 큰소리 내며 싸워 본 기억이 없다. 싸울 일이 있어도 서로 양보해 버림으로 싸움이 성립되지를 않는다.

엄마는 고생을 많이 하셨다. 아버지는 경찰 공무원, 퇴직, 사업, 경찰 공무원 복직, 퇴직, 지방 선거 출마(6회 출마, 4회 차점 낙선, 면장 2회, 통일주체국민회의대의원 2회), 사업, 약종상, 이렇게 복잡한 인생을 살아왔다. 엄마는 이런 아버지, 그리고 3남 1녀 모두 챙기다 엄마가 먼저 세상을 떠나셨다. 엄마가 지금까지 살아만 계셨다면 그래도 조금이라도 보답해 드릴 텐데 지금은 그것마저도 할 수 없는 먼 나라로 떠나셨다. 남은 건 싸우지 말고 살라는 엄마의 가르침만이 생생하게 들린다.

엄마. 엄마를 생각하면 눈물만 난다. 해 드린 것은 하나도 없는데 우리는 너무나 많은 것을 받았다. 아버지는 술을 드시면 거의 광기가 발동을 한다. 집안은 엉망이고 가세는 기울대로 기울어 삼시 세끼 밥걱정을 해야 할 때도 많았다. 빚은 항상 있었다. 지금 살아 계신다 해도 자식들에게 용서받기는 아마 힘드실 것 같다.

엄마의 친정은 우리 집에서 4km 정도 떨어진 농촌 마을이었다. 우리가 어릴 때 이모님들이 우리에게 너무도 잘해 주셨다. 정말 이 세상 누구보다도 귀여워해 주시고 예뻐해 주셨다. 지금은 그중 한 분만이 대구에 생존해 계신다. 나보다 한 살 위시고 초·중학교 동기 동창이신 외삼촌도 몇 년 전 돌아가셨다.

엄마는 입이 무거우셨다. 할머님이 엄마를 가장 좋아하는 이유 중 하나가 집안 얘기를 집 밖에서는 하지 않으신다는 점이다. 여자임에도 옥천 전씨 양반 가문의 장녀로 태어난 전형적인 현모양처 스타일이다. 다만 너무 순진하신 탓에 재산 관리를 아버지에게 의지하다가 모두 탕진하는 결과를 가져왔다. 우리가 초등학교 무렵에는 아버지가 경찰 공무원을 하셨기 때문에 먹고사는 문제는 걱정이 없었다. 지방선거 출마 시부터 가세가 기울기 시작하고 우리 가족들의 고생문이 열리기 시작했다.

갑자기 집안에 식량 할 쌀 한 톨 없는 판에 상급학교 진학은 그림에 떡이었다. 그래도 우리 형제는 가진 것이 없는 자들은 공부라도 해야 한다는 일념으로 공부에 집착을 했다. 엄마가 빌려 온 돈으로 학교 등록금을 내고 일수 빚내서 엄마가 갚았다. 이렇게 하시기를 무려 20년 이상, 엄마는 우리가 대학을 마치고 취직을 해서 겨우 터를 잡을 즈음 갑작스럽게 돌아가셨다.

우리는 우리 집이 아침거리가 없을 정도로 가난해졌다는 사실을 몰랐다. 선거에서 몇 번 고배를 마시고 아버지가 최종적으로 선택하신 직업이 할아버지 명의로 된 '약종상'이다. 할아버지 면허를 승계하여 양약방을 경영하게 되었다. 이때부터 엄마는 1인 3역을 하셨다. 주부, 엄마, 약 판매 등 끝도 없는 고생을 하셨다. 겨우 터 잡은 세 자식들이 월 50만 원씩 보내 드린 용돈으로 생활시다가 그것도 몇 년 안 되어 돌아가셨다. 엄마는 우리를 가난하게 키우지 않으셨다. 재산이 없다고 가난한 게 아니라 자존심이 없으면 자신이 가난해지는 것을 가르쳐 주셨다. 자존심이 엄청 강하신 분이셨다.

자식들이 엄마를 닮아서 기죽지 않는 삶을 살아가고 있다. 사람은 용기가 있어야 하고 정직해야 하지만 어떠한 어려움과도 싸워 이길 수 있다는 자신감을 불어넣어 주신 건 어머니다. 그 어려운 고비마다 아버지를 일으켜 세우신 것도 엄마의 자존감이다. 약을 사러 오신 손님이 만 원짜리 돈을 내면 거스름돈이 없어서 항상 이웃집 가게에 가서 껌이나 과자를 사고 거스름돈을 바꿔야 했다. 창피한 일이지만 어쩔 수 없었다.

살아생전 엄마는 자식들을 위해서는 죽음도 두렵지 않

다는 그 말씀 아직도 귓가에 생생하다. 엄마는 절에 열심히 다니셨다. 엄마가 다니시는 절은 집에서 꽤나 먼 거리에 있었다. 엄마를 따라서 엄마 절에 가 본 기억도 있다. 엄마는 분명 우리 곁에 계셨던 보살님임에 분명하다. 관세음보살님의 화신임이 분명했다. 요즈음도 가끔 꿈에 나타나신다. 살아생전 모습처럼 단아하고 예쁘시다. 아직도 엄마를 생각하면 콧잔등이 시큰하고 눈시울이 붉어진다.

엄마, 엄마, 우리 엄마, 고우신 우리 엄마. 보고 싶다. 온갖 고생, 수모 다 겪으시고 호강 한 번 못 하시고 하늘 가신 엄마 은혜는 너무너무 크다. 아내에게 잘하는 게 엄마께 효도하는 거라 생각하고 잘하려고 노력한다. 나의 절반은 엄마에게서 받은 몸이니 나에게 잘하는 것도 엄마께 잘하는 것이다. 형제들도 엄마의 반쪽 분신이다. 결국 나와 형제들, 가족들에게 잘하는 것이 엄마에게 잘하는 것이다. 엄마. 사랑해. 고마워. 나의 엄마가 되어 주서서. 다시 태어나면 내가 엄마의 아빠가 되어서 예쁜 우리 엄마 공주처럼 모실 거라 약속한다.

개똥 참봉집 딸 할머니

우리 할머니께서는 낫 놓고 기역 자도 모르시는 일자무식 문맹이셨다. 그런 할머니께서 항상 손자들에게 하시는 말씀이 "선한 끝은 있어도 악한 끝은 없다.", "때린 놈은 다리를 오그리고 자지만 맞은 놈은 다리를 펴고 잔다."고 귀에 딱지가 앉을 정도로 말씀하셨다. 어릴 때부터 들어온 이 말씀이 어떤 뜻인지 아는 것은 매우 오랜 시간이 걸렸다.

아버지가 직장 때문에 객지로 다니셨기에 나는 초등학교 3학년부터 6학년 졸업 때까지 시골에서 할머니랑 단 둘이 살았다. 할머니는 교육을 받은 적도 없고 따로 글을 배운 적도 없다. 그런데 당시는 글줄 깨나 읽으셨다는 할아버지와 혼인을 하셨다. 할머니 친정은 '개똥 참봉'이라는 별명으로 불릴 정도로 부지런한 집안의 따님이었다. 길에 버려진 개똥을 주어서 거름을 하고 말려서 땔감으로 쓸 만큼 근검절약하는 습관이 몸에 익어 있었다. 동네에서는 제일가는 부자가 된 집안에서 태어나시고 자라셨으니 할머님의 근검절약 정신은 몸에 배어 있었다.

내가 대구에서 대학 다니던 시절 자취를 했다. 할머님이 밥을 해 주기 위해서 2년 동안 함께 사셨다. 동생이 다니던 고등학교가 자취집에서 멀리 떨어져 있었기 때문에 혹시 아침밥이 늦으면 학교에 늦을세라 새벽 3시면 일어나셨다. 연탄아궁이에 밥을 지으셨다. 반찬은 손자들 건강을 생각해서 콩나물국이 단골 메뉴로 올라왔다. 콩나물국이 주 메뉴가 된 이유는 따로 있다. 할머님이 숱도 많지 않은 머리를 빗을 때 나오는 빠진 머리카락을 판 돈으로 골목마다 다니면서 파는 콩나물 장수의 콩나물을 사기가 가장 손쉽기 때문이었다. 결국 나와 동생은 할머님 머리카락 판 돈으로 끓인 콩나물국을 먹고 대학교, 고등학교 모두 졸업하고 지금까지도 건강하게 잘 살고 있다. 할머니가 은인이다.

할머니도 엄마처럼 우리에게 항상 착하게 살라고 말씀하셨다. 그리고 남과 싸우지 말고 혹 싸우게 되더라도 지는 게 이기는 거라고 말씀하셨다. 그래서인지 우리 3형제 중에는 싸움을 잘하는 형제가 없다. 그렇다고 지금까지 누구에게 맞거나 괴롭힘을 당한 적도 없었다. '아마 똥이 무서워서 피하는 게 아니라 더러워서 피한다는 속담처럼 싸우는 장소에는 가지 않고 싸울 거리를 만들지 않았다. 할머니가 86세에 돌아가실 때까지 누구와 싸움 한 번 하시는 걸 본 적이 없고 가족 간에도 언성을 높여 가며 질책하시는 말씀도 들어 본 적도 없었다. 배운 것도 없고 글자도 모르시는 할머님이 어떻게 그런 말씀을 하실 수 있었을까?

아마 추측으로는 당시 우리 집이 제법 잘사는 집안(아버지 교육을 위해서 할아버지께서는 훈장 선생님을 집으로 초빙을 해서 공부를 시켰다)이라 훈장님 말씀을 문밖에서 어깨너머로 들으셨을 거라는 생각이 든다. 그래서인지는 몰라도 나는 남과 경쟁에는 관심이 없다. 이기고 지는 경기에는 더욱 관심이 없다. 도박이나 특히 친구들 간에 고스톱을 해도 금전이 오고 가야 하기 때문에 어쩌다 한 번씩은 몰라도 좋아하지 않는다. 테니스 경기를 해도 남을 이기기 위해서 하는 건 싫다. 내 실력이 월등하다면 굳이 이기려고 노력하지 않아도 이길 것이며 실력이 부족하면 질 것은 뻔한 이치다. 직장에서 승진도 나와 입사 동기 중 맨 꼴찌로 승진해서 퇴직 시에는 다른 동기들보다 한 직급 낮게 퇴직을 했다.

그래서 붙은 이름이 '꼴찌 김부장'이 되었다. 그런데 그게 뭐 세상 살아가는 데 지장이 없다. 단지 회사에 다닐 때는 호칭에서 다소 거부감은 있었다. 동기들은 모두 처장이나 부서장이 되었는데 나는 혼자 '부장'으로 근무했다. 반면에 좋은 점도 있었다. 직장 생활하면서 다른 친구들이 승진에 노심초사할 때 나는 건강을 돌보고 가족들 챙기고 나만의 생활을 즐기면서 자식들 교육에 신경 쓸 수 있었다. 그 결과로 퇴직 후에 우리 가족은 훨씬 윤택하게 잘 살고 있다. 자식들 모두 대학 졸업 후 결혼했다. 손자, 손녀 낳아서 잘 크고 있다. 나와 아내도 건강하다. 경제적으로도 부족함 없다. 오늘 따라 할매가 보고 싶다. 근검절약이 몸에 밴 할머니의 교육 덕분에 오늘의 내가 있음을 실감한다.

나는 나쁜 아빠

사위의 의전 학업을 위해 딸은 부산에서 살았다. 학업을 마치고 평촌으로 이사 온 딸이 나보고 "아빠는 정말로 나쁜 아빠."라고 했다. 그러고 보니 나는 정말로 나쁜 아빠인가 보다. 무슨 일이 있을 때마다 딸의 편을 들지 않고 상대방의 편을 들어 줬기 때문이다. 딸이 부산에서 이사 오던 날, 나는 막내인 아들과 함께 이사를 도우려 부산에 갔다. 저녁에는 딸이 아빠랑 남동생이 자기들 이사를 도와주기 위해 서울에서 부산까지 먼 길을 왔다고 기장까지 가서 맛있는 대게를 잔뜩 사 줘서 배불리 먹었다. 이튿날 아침 일찍부터 우리는 이삿짐을 차에 싣고 출발 준비를 끝냈다. 이제 전세 잔금만 받고 떠나면 된다.

딸이 해당 중개사 사무실로 가더니 1시간이 넘도록 오지를 않는다. 궁금해서 중개사 사무실로 가 보았다. 집주인 할머니는 전세 잔금 중에서 270만 원을 공제하고 주겠다 하고 딸은 공제하지 말라고 하면서 언쟁을 하고 있었다. 자초지종은 이러했다. 전세 계약이 만료되기 전에 집주인 할머니가(등기 명의는 아들 이름으로 되어 있으나 할머니 돈으로 구입하고 명의만 아들로 했다 함) 집을 팔겠다고 몇 번씩 이야기를 해서 딸과 사위가 불안하여 다른 집으로 이사를 옮기겠다고 하였다. 그러자 아들이 집이 팔릴 때까지 살되 월 15만 원씩 받던 임차금은 받지 않겠다고 딸에게 약속하고 핸드폰 문자까지 주고받았다.

막상 이삿짐을 다 싸고 집을 비우자 할머니는 받지 않기로 한 임차금에 대해서는 아들과 한 약속이니 자기는 모르는 일이라면서 모르쇠로 일관하고 있었다. 집을 사서 들어올 사람은 대구에서 와서 기다리고 있다가 딸과 집주인 할머니가 언쟁을 하는 것을 보고는 계약을 하지 않겠다고 버틴다. 결국에는 우리만 진퇴양난이 되었다. 딸은 확실한 증거까지 있으니 절대로 양보를 못 하겠다 하고 할머니는 아들과 약속했으니 자기는 모른다고 하고 우겼다. 우리는 짐을 다 싸고 집을 비워 줬으니 만약 계약이 불발되면 다시 짐을 풀고 들어가야 할지? 말아야 할지? 빼도 박도 못 하는 상황이 되었다. 물론 딸의 말이 백번 옳다. 증거까지 있는데 중개사도 법적으로 해도 딸이 유리하다고 했다. 다만 법적인 절차를 밟았을 때 그러하다는 말이다. 결국 감정싸움이 되고 말았다.

나는 당연히 임신 중이고 증거까지 가지고 있는 딸의 편에서 함께 싸워야 아빠로서 좋은 아빠가 될 수 있을 것이었다. 그러나 나는 그러질 못하고 딸에게 핀잔을 주고 못된 떼거지 주인 할머니 편을 들었다. 중간에 사정이 있어서 임차금을 받지 않겠다는 약속을 한 사실은 인정이 되지만 사실은 지금까지 잘 살았다는 사실이 중요한 것이 아니냐고? 너희들이 손해를 보는 것이 나을 것 같다고 했다. 그렇게 해도 결국 너희들은 손해를 본 것은 아니라면서. 물론 정신적인 피해는 많이 입었지만 사회생활의 좋은 경험이라 생각하라고. 결국 딸은 아빠인 내 말대로 270만 원을 포기하고 나머지 전세금을 받고 평촌으로 왔다. 딸은 당시 임신 중이었는데 유산을 하였고 결국 나는 나쁜 아빠가 되고 말았다.

나는 내가 다니는 청계사에서 부처님께 빌었다. 딸아이에게 튼튼하고 지혜로운 손자 하나 점지해 주십사 하고 간절히 기도했다. 본인들은 딸도 좋다 했지만 나는 꼭 손주였음 좋겠다고 빌었다. 내가 딸에게 지은 죄를 사죄하는 의미도 있었다. 기도발인지 드디어 딸은 떡두꺼비 같은 아들을 얻었다. 나는 마음을 착하게 쓰고 손해를 보고 살아서 그렇다고 딸을 위로를 했다.

딸이 이사 온 후 1년 반 정도 지나고 며칠 전 화장실 수도꼭지가 고장이 나서 수돗물이 조절이 되지 않는다며 수리기사를 불러 수리를 부탁했단다. 마침 내가 아내랑 다른 볼일로 딸 집에 가서 있었다. 수리를 마친 수리기사와 요금 지불 문제로 다소 언쟁이 있었다. 급기야 수리기사가 다시 원상회복해 놓고 그냥 가겠다고 한다. 나는 딸에게 언쟁의 이유도 묻지 않고 무조건 딸이 잘못했다고 나무라면서 대금 완불하라고 했다. 딸은 도저히 납득이 가지 않는다면서 화를 삭이지를 못했다. 나는 수리기사에게 수리비를 완불하게 하고 미안하다고 사과를 시켜서 보냈다.

딸이 나에게 정말로 아빠는 우리 아빠가 맞느냐고 물었다. 도저히 아빠라는 사람을 이해할 수 없다면서 울먹였다. 나는 딸에게 절대로 악연을 만들지 말라는 뜻에서 그랬다고 했다. 옛날 말에 선한 끝은 있어도 악한 끝은 없다고 했다. 나중에 알아보니 수리기사가 100번 아니 1000번 잘못했다. 수리 중에 부속 하나를 분실했는데 분실된 부분에 대해서 나중이라도 보수를 해 주겠다는 약속 않고 막무가내로 수리가 완료된 것으로 하고 대금 지급을 요구했었다. 나는 딸에게 미안했다.

딸에게 미안한 마음에 혼자서 아무도 몰래 철물점에 들

러서 거기에 맞는 부속을 찾으니 없다. 전체 세트로 제작되기 때문에 따로 팔지는 않는다고 했다. 수리기사도 부속을 못 구한다는 걸 없는 걸 알고 있었기 때문에 그랬던 것 같다. 아내에게 들은 바로는 딸은 내가 집에 돌아간 후 혼자서 울었다고 했다. 아빠를 원망하면서…. 딸아. 나는 너의 마음을 이해한다. 그러나 너는 아직 젊고 사회생활을 오래 해야 할 사람이고 자식을 키워야 할 사람이고 사업도 해야 하는데…. 가능하면 남과 다투지 말고 손해 보면서, 아니 남을 도와주면서 그렇게 살아라.

딸과 사위가 인천에 성형외과 개업을 했다. 환자가 없으면 어떻게 하나 많은 걱정을 했는데 다행히 손님이 많다. 이 모든 것이 자신의 이익보다 남을 먼저 생각해 준 너희들의 공덕이 아니겠니? 앞으로도 아빠는 나쁜 아빠로 살아가겠다. 너희 내외 사업 번창하고 우리 손주가 건강하게 잘 자라 주기를 바라는 마음으로 너희에게는 나쁜 아빠가 될게…. 딸아 미안하다. 악연은 만들지 않고 사는 것도 공덕을 짓는 일이다.

일상 속에서 찾은 행복

어렵게 대학을 다니던 시절(1968년도), 모든 게 힘든 시절이었다. 그러나 나는 대학생이라는 자부심이 있었다. 비록 4년제도 아니고 2년제 지방 대학이었지만 당시에는 나보다 못한 처지의 이웃들이 엄청 많았다. 꿈과 희망, 그리고 젊음이라는 단어가 나를 지탱해 주고 있었다. 단지 부족한 것이 있었다면 경제적인 여유가 없어 아쉬웠다. 항상 돈 생각은 했지만 그래도 돈보다는 '명예'가 중요하다고 생각했던 시절이었다. 그래서 유명해지고 싶었다. 막연하지만 법관, 의사, 변호사, 회계사, 교수, 뭐 이런 부류의 상류층 사람들이 좋아 보였다.

사실 말이 대학생이지 생활은 거의 밥만 먹고 다니는 수준이었다. 초등학생 5명을 과외하면서 받는 월 25,000원(1인당 과외비 5,000원×5명)으로 자취방 월세 4,000원 주고 나머지는 생활비와 고등학생이었던 동생의 차비, 우리 형제 밥해 주시려고 시골에서 와 계셨던 우리 할머니의 반찬값 정도가 생활비의 전부였다. 자취방을 얻기 전까지는 동생은 외갓집 단칸방에서 외할아버지, 외할머니, 외삼촌까지 4명이 지내야 했다. 나는 딱 한 사람이 누우면 꽉 차는 이웃 먼 친척 아주머님 댁 연탄 광을 청소해서 잠자는 방으로 사용했다. 그때를 생각하면 비록 단칸방 자취 생활이지만 완전 호텔이나 마찬가지였다. 마음의 여유도 생기고 연애라는 것도 하면서 나름대로 대학 생활의 낭만을 즐기면서 지내고 있었다.

어느 날, 시골에서 아버지께서 우리를 보러 오셨다. 나는 전날까지도 여름철 음식을 잘못 먹어 장티푸스를 심하게 앓고 난 다음이라 기운이 거의 없는 상태였다. 아버지는 아들이 걱정이 되어서 올라오셨다. 의사 친구에게 나를 데려가서 진찰을 받아 보기도 했다. 다행이 큰 이상은 없었다. 아버지는 젊은 시절 할아버지의 후광으로 시골에서 10Km 이상 떨어진 읍내로 초등학교를 다녀서 사회적으로 출세한 친구분들이 많은 편이었다. 그날도 친구분 중에 한 분의 댁을 방문하시는데 나를 데리고 가셨다. 아버지는 무슨 일이 있거나 손님이 오시면 꼭 자식들을 데리고 다니시면서 어른들께 인사를 시켜 주셨다. 특히 우리 아버지는 유별나게 자식 자랑을 많이 했다.

아버지가 독자여서 그런 탓도 있었다. 그 댁은 시내 중심가에 있었는데 단독 주택으로 크고 좋았다. 중소기업을 운영하시는 사장님으로 경제적으로 매우 윤택해 보였다. 나는 엄청 부러웠다. 이런 집의 아들로 태어났다면 얼마나 행복할까? 인사를 드리고 거실에 앉아서 차를 마시며 이런저런 말씀을 나누시는 걸 나는 듣고만 있었다. 알고 보니 아버지 친구분은 친구이면서 고향 종친으로 아버지께는 조카뻘이 되신다고 했다. 일찍이 객지로 나와서 고생 끝에 지금의 성공을 거둔 분이었다. 부자가 된 사연을 알고 보니 이러하다. 일본이 우리나라를 점령하던 시절 일본인이 경영하던 회사에서 근무를 하고 계셨다. 갑자기 해방이 되어 일본 사람이 본국으로 가면서 회사의 경영을 잠시 맡기고 갔다가 영영 돌아오지 못해 그 재산을 몽땅 받은 경우였다. 주위의 많은 분들이 엄청 부러워했더란다. 내가 생각해도 그럴 것 같다. 그런데 아버지는 왜 나를 이 집에 데려온 걸까? 내가 커서 돈 많이 벌라고 데려온 건 분명 아니실 텐데….

　의문은 쉽게 풀렸다. 방학인데도 그 집에는 주인아저씨 외 다른 식구들이 보이지를 않았다. 처음엔 아무렇지 않았는데 시간이 가도 다른 식구들이 아무도 없어서 궁금해지기 시작했다. 그때 나는 우연히 아저씨께서(정확히 말하면 나에게는 친척 형님뻘) 말씀하시는 걸 듣고 말았다. 이 집에는 아들과 딸이 있는데 아들에게 심한 장애가 있었다. 듣지도 못하고 혼자는 걷지도 못하는 중증 장애인이었다. 온통 집안의 걱정이 아들에게만 쏠려 있었다. 아무리 돈이 많아도 고칠 수 없는 병이다. 부모의 걱정스런 마음은 말로 표현할 수 없을 만큼 컸다. 그분 애기는 돈이 아무리 많으면 무슨 소용 있느냐고 자기는 건강한 아들 하나만 있었으면 좋겠다고 하셨다. 우리 아버지 겉으로는 "아들 있어야 키우느라고 힘만 들고 돈만 들지? 키워 놓으면 다 소용없다."고 하시면서도 속으로는 '나는 대학생 아들이 이렇게 옆에 떡 버티고 있다.'는 듯 나를 지긋이 둘러보셨다.

나는 그 이후로 삶의 목표를 '평범한 행복'으로 정했다. 아버지는 아버지께서 경제적으로 자식들에게 풍족하게 해 주지 못했기에 무언중에 교훈을 주기 위해서 나를 친구분 집에 데리고 가셨을까? 나는 내 자식들에게 어떤 교훈을 주었을까? 나는 솔선수범을 교훈으로 삼고 싶다. 내 자식들은 내 마음을 알아챘을까? 아빠의 평범한 사랑을 알아 줬으면 좋으련만 내가 성년이 되고 결혼을 하고 자식을 낳고 키워 보니 자식을 키운다는 것이 보통 힘 드는 일이 아니다. 자식을 4명이나 두었으니 아내의 고생이 말이 아니었다. 나는 회사 일에만 매달리고 자식들은 모두 아내 혼자서 돌보아

야 했던 지난날들이 몹시 미안하고 죄송하다. 이제부터라
도 나와 아내의 평범한 행복을 찾아 함께 노력하면서 살아
가겠다.

뺑이는 쳐도 국방부 시계는 돈다

초급대학을 졸업하던 1970년 봄, 같은 해 여자 친구는 간호대학에 입학을 했다. 실은 여자 친구에게 4년제 대학을 다닌다고 했다. 2학년 마치면 군대 갈 것이라 말하고 연애를 시작했다. 친구는 그런 줄로만 알고 졸업하고 나서도 입대일인 6월 12일까지 만남을 계속했다.

드디어 논산훈련소에 입소, 수용연대라는 군인도 아니고, 민간인도 아닌 수용소 같은 곳에서 첫날밤을 보냈다. 여기서는 논산훈련소로 가기 전 최종 신체검사를 해서 이상이 없으면 '완' 자를 찍어 군번을 부여한다. 치료가 불가능하거나 군 생활에 부적합하다고 판단되면 귀향 조치도 시키는 입대의 마지막 관문이다. 나는 공교롭게도 충치가 심해서 치과에서 걸렸다. 사회에서는 생돈 들여 가며 치료를 하는데 무료로 치료를 받을 수 있다기에 치료받고 훈련소는 천천히 가기로 했다. 치료를 받겠노라고 했지만 함께 입대한 친구가 알아보니 수용연대에 있었던 기간은 군대 생활에 포함이 되지 않는다고 했다. 가능한 빨리 '완' 자를 받아야 군대 생활이 하루라도 빨리 시작된다고 했다. 친구는 자기가 아는 사람을 통해서 군의관에게 부탁하면 빨리 '완' 자를 받을 수 있다고 얼마간의 돈을 요구했다. 치료도 안 받고 '완' 자를 받았다. 6월 23일 드디어 논산훈련소 28연대 에 입소를 하였다.

논산훈련소 가는 첫날 우리 옆에서는 '개구리복(얼룩무 늬: 당시는 예비군 훈련복으로 전역하는 장병에게만 지급, 현역병에게는 개구리복 입은 선배들이 우상처럼 보였음)' 입은 장병들이 전역 신고 연습을 하고 있었다. 지금 생각해 도 짜증 난다. 우리는 3년 후에나 입을 수 있는 개구리복이 었다. 그런데 이상하게도 우리 내무반 친구들은 군번이 없 는 친구들이 많았다. 정확히 말하면 군번은 있는데 인식표 를 주지 않았다. 소문에 인식표와 군번줄 없는 훈련병들은 하사관 후보생 요원으로 하사관 학교로 갈 것이라는 소문 이 돌았다. 불안했다.

군기가 세고 훈련이 너무 힘들어서 누구도 가기를 꺼려 하는 하사관 학교를 가야 한다니 잠도 오지 않았다. 하사관 으로 지원하지도 않았지만 강제로 차출되어갈 수도 있었 다. 그러나 당장 소문의 진위를 확인할 수 없으니 운명에 맡길 수밖에 없다. 훈련은 힘들었다. 제식 훈련, 사격술 예비 훈련, 사격, 수류탄 투척 등등. 특히 계절이 여름이라 더욱 힘들었다. 유일한 희망은 집에서 오는 편지였다. 특히 여자 친구에게서 오는 편지는 너무너무 소중했다. 나의 여자 친구도 내가 2학년 마치고 군대 간 것으로 알고 제대하면 계속 사귈 거라고 편지를 열심히 보내왔다. 그녀에게서는 거의 매일 편지가 왔다. 나는 편지를 관물 보관함에 두었는데 편지가 점점 많아져 부피가 커지는 바람에 관물 보관함에 둘 수가 없게 되었다. 나는 침상을 뜯고 침상 밑에다 숨겼다. 내무반 내에서 없어지는 물품이 엄청 많았다. 개인 장비가 없어지면 현금으로 변상을 하거나 남의 것을 훔쳐서 채워야 한다. 수량이 부족하면 점호 시간에 기합을 받게 되기 때문이다.

비가 많이 내리던 어느 날 밤 나는 심야에 야외 불침번을 서게 되었다. 불침번 교대를 하면서 비가 오니 고향 생각도 나고 부모님도 보고 싶고 마음이 뒤숭숭했다. 별 생각 없이 나도 모르게 다른 때보다 좀 큰 소리로 불침번 교대 신고 복창을 했다. 마침 주번 사관이었던 인사계가 내 복창 소리에 깨었는지 잠을 못 자고 있었는지 다짜고짜로 두들겨 패기 시작했다. 발로 차고 아귀를 날리고 훅을 치고 거의 1시간 동안 완전 묵사발이 되도록 맞았다. 맞다 보니 불침번 교대 시간이 지났다. 그가 죽었다면 100% 지옥으로 갔을 것이다. 나중에 알고 보니 이가 아파서 신경이 몹시 날카로워져 있었다. 그래도 그렇지 지금 같았으면 폭행죄로 고소라도 할 수 있었을 테지만 그때는 때리면 맞아야 하는 것이 군대였다.

인사계의 이상한 행동은 이것만이 아니었다. 주말 저녁 점호 시간에는 훈련병 모두를 침상 앞줄에 서게 했다. 위생 검열을 핑계로 모든 훈련병이 팬티를 무릎 아래까지 내리고 ○○스 청결 상태 검사를 했다. 명분은 위생검사이지만 ○○스 크기를 비교하는 아주 변태적인 짓을 했다. 그 결과 키는 제일 작은 훈련병이 그것의 크기가 비정상적으로 큰 것이 밝혀졌다. 그 후로 그에게는 'ㅈ대장'이라는 별명을 붙여 줬다.

우여곡절 끝에 전반기 훈련 6주간이 끝나고 이등병 계급 장을 달고 각자 근무할 부대로 배속되어 갔다. 소문은 사실이었다. 군번줄과 인식표를 받지 못한 우리는 후반기 교육 장인 27연대로 가게 되었다. 보통은 특과병으로 박격포 훈련을 받지만 우리는 분대장 요원으로 분대 공용 화기인 AR 자동소총 훈련 중대로 편성되었다. 후반기 교육이 끝나면 하사관 학교 가는 것이 기정사실화되어 버렸다. 정신없이 4

주간의 교육이 끝나고 하사관학교로 가는 날이 왔다. 도살장에 끌려가는 소처럼 모두가 죽을상이 되어 입교를 했다. 직각 식사, 직각 보행, 자기반성 등 육군사관학교 교범을 그대로 축소해 짧은 기간에 훈련하다 보니 몸과 마음의 스트레스가 이만저만이 아니었다. 다행인지 불행인지 나는 기술행정 하사관 후보로 하사관학교 교육은 8주만 받았다. 주특기 교육은 통신훈련소에서 16주간의 교육을 받고 하사로 임관할 수 있었다.

우리는 깡통 계급장이라고 불렸는데 원하지 않았던 '하사'로 임관하는 데 훈련만 34주간을 받았다. 장기 복무도 아닌 단기 하사관으로 말이다. 이렇게 힘든 생활 중에도 국방부의 시계는 멈추지 않고 계속 돌고 돌아서 1973년 5월 3일, 드디어 꿈에도 그리던 '개구리복'을 입고 전역을 했다. 별 볼 일 없이 보낸 군대 생활이었지만 군대 안 가서 곤욕을 치르는 유명한 가수, 청문회에서 쩔쩔매는 고위 공직 후보님들보다는 낫다는 생각을 한다. 나도 그들보다 나은 점이 한 가지라도 있다는 게 뿌듯하다. 50년이 지난 오늘의 후배들 머릿속에서는 "뺑이는 쳐도 국방부 시계는 돌아가고 있다."는 말이 없어졌기를 바란다. 하루빨리 남북통일이 되어서 우리의 자손들은 맘 편히 군대 생활할 수 있는 그날이 오기를 기대한다. 그렇게 되면 누구처럼 군대 가기 싫어서 외국 국적 취득을 하지 않아도 되고 병원에 가서 억지로 신체 검사를 몇 번씩 받지 않아도 된다. 서로 믿고 사랑하고 위하면서 함께 잘 사는 대한민국을 만들어야겠다.

하나뿐인 아들은 의무경찰로 군대 생활을 했다. 가는 날이 장날이라 그 녀석 군대 있는 동안에 웬 놈의 시위가 그렇게 많은지 시위 현장 진압에 거의 매일 동원되다시피 했다. 전방의 군대 생활보다 열 배, 이십 배는 더 힘든 군대 생활을 했다. 아무리 힘들고 빡센 군대 생활일지라도 전역을 향한 국방부 시계는 오늘도 쉬지 않고 돈다.

초딩 친구들

머리는 희끗희끗하고 얼굴엔 주름살이 보기 좋게 굵은 고랑이 졌다. 이빨이 성하지 않아서 발음은 다소 어눌하지만 행동은 영락없이 어린애다. 성별도 사는 곳도 서로 관계가 없다. 다만 50년 전에 초등학교를 함께 다녔다는 그 인연 하나면 된다. 아무런 다른 조건도 필요 없다. 졸업하고 1년에 한 번씩 만난 횟수가 벌써 서른 번도 넘으니 한 식구처럼 살갑다. 학교 다닐 때는 그렇게 커 보였던 근이, 못생겼다고 남자애들이 놀리면 찔찔 짜던 순이, 남자애들의 인기를 한 몸에 받던 경이, 자기가 제일 잘났다고 뽐내던 성이, 70-80줄에 접어들어 한자리에 모였다.

재수가 없어 명이 짧아 먼저 저세상으로 간 친구들 생각하며 잠시 눈시울을 적시기도 했다. 그것도 잠시 삼삼오오 모여 앉아서 옛날이야기에다 지금 사는 얘기로 꽃을 피운다. 변한 건 외모뿐이다. 나는 초등학교 1학년을 두 번 다녔다. 학교랑 집이 가까워 학교 운동장을 집 마당 삼아서 뛰어놀곤 했는데 아버지께서 여섯 살인 나를 1학년에 입학을 시켰다. 끝까지 다니지는 못하고 중간에 그만두었다. 다음 해 일곱 살이 되면서 정식으로 초등학교에 입학을 했다. 그때는 일곱 살에 맞춰서 입학하는 경우도 드물었다. 부모님들이 공무원이거나 지방 유지 정도 되어야만 제 나이에 입학을 시켰다. 그렇지 못한 일반 가정에서는 보통 여덟 살이나 아홉 살에 학교를 보냈다. 키가 작았던 나는 거의 맨 앞자리를 차지하면서 학교를 다녔다. 2학년 때는 교실이 부족해서 오전 오후로 학년을 나누어서 공부를 했다. 오후반은 점심을 먹고 수업을 시작했다. 집이 먼 곳에 있는 친구들은 일찍 와서 학교 근처에서 시간을 보내기도 한다. 우리 집은 학교와 가까워서 멀리서 오는 친구들이 수업 시작되기 전까지 모여 노는 아지트가 되었다.

어느 비 오는 날 일찍 온 친구들과 모여서 시간 가는 줄도 모르고 화투 놀이를 하다가 100보도 안 되는 학교 수업 시간에 지각을 했다. 담임선생님께서 집이 코앞인데 왜 늦었냐고 물으실 때는 등골이 오싹했던 기억이 난다. 화투놀이 하다가 늦은 걸 아버지가 아시게 되면 나는 그날로 끝장이기 때문이다. 아버지가 경찰관이시기도 했지만 그보다도 화투는 우리가 가지고 놀 수 없는 어른들이 돈내기에 사용하는 도구였다. 어린이 놀이로는 부적절했다.

학교 유리 창문 틀 밑의 도르래를 지탱하고 있는 철사를 빼내서 스케이트를 만들었다. 그 스케이트를 타고 얼음지치기 놀이를 하고 놀다 교장선생님께 들켜서 뒤지게 두들겨 맞았다. 이런저런 사건들로 가득한 초딩 시절의 추억 때문에 그 끈을 놓지 못하고 지금까지 질기게도 모였다, 헤어졌다를 반복하면서 50-60년을 보냈다.

한번은 친구들 셋이서 영등포 대폿집에서 만났다. 막걸리에 족발 안주로 오랜 만에 회포도 풀었다. 이제 우리가 만나면 '몇 번이나 더 만날 수 있을까?' 하는 것이 화두가 되었다. 1년에 두 번 만난다 치면 적으면 열 번, 많아야 스무 번 정도 더 만날 수 있다는 게 결론이었다. 부지런히 만나고 또 이야기하자고 약속했다. 한평생 우리는 네가 잘났네, 내가 잘났네 싸우기도 하고, 누구는 부자고 누구는 가난하고 누구는 대학교 가고 누구는 농사짓고 구별도 많이 지으며 살다가 70-80을 바라보니 모두가 한 모습이다.

옛날 초딩 시절 아무 욕심도 없이 먹고 학교 가고 놀고 하던 순수한 그 시절로 돌아왔다. 이제는 지위도 명예도 재산도 다 필요 없어져 버렸다. 오로시 건강하고 마음씨 온후한 노년의 멋진 늙은이로서의 풍모만 유지하면 된다. 친구야, 초딩 친구야, 우리 이제부터는 싸우지도 말고 잘난 척도 말고 서로서로 위해 주고 도와주고 칭찬만 하면서 살다가 가자. 친구야, 초딩 친구야, 정말 사랑한다. 지금 나는 위암 수술을 받아 술을 한 잔도 마실 수가 없다. 이전에 모여서 친구들과 원도 한도 없이 마신 술이 그렇게 그리울 수가 없다. 참 다행이다. 좋은 추억이 많아서…… 참 다행이다. 초 딩 친구들이 많아서….

〈진품명품〉과 할머니

TV 프로그램 중에 옛날 물건들을 가져와서 감정을 부탁하면 패널들이 자기 나름대로 가격을 매기고 전문가가 최종적으로 가격을 결정하는 〈진품명품〉이라는 프로그램이 있다. 어떤 물건들은 의외로 가격이 높게 나와서 함께 놀라는 경우도 있다. 혹 우리 집에도 저런 물건 하나쯤 짱박아 둔 게 있었다면 얼마나 좋을까? 욕심을 부려 보기도 한다. "그런데 말입니다." 지금 생각해 보니 우리 집에도 전혀 그런 물건이 없었던 건 아니었던 같다.

40년 전 쯤 우리 집에는 할머니랑 부모님이랑 우리 4남매가 살았다. 할아버지께서는 한학자이시고 면 소재지 약방을 하셨다. 토사곽란을 일으켜 갑자기 돌아가셨다. 듣기로는 우리 집이 동네에서 제일 잘살았다. 아버지는 당시에도 8km나 떨어진 상주 시내에 있는 초등학교를 다녔다. 일꾼들이 업어서 기차역까지 가서 등하교를 시켰다. 할아버지께서 갑작스레 돌아가시고 가세가 기울기 시작했다. 우리 집은 삼시세끼 끼니 걱정을 해야 할 처지가 되었다. 먹을 것, 입을 것은 물론이고 불 땔거리도 없어서 할머니는 다락에 있던 할아버지 한문책을 찢어서 불쏘시개로 하셨다. 내가 직접 눈으로 봤다. 그 책 중에는 할아버지께서 공부하시던 의학책도 있었고 한문 서적도 있었다.

어릴 때 봐도 매우 소중한 책 같아 보였다. 인체 그림이 있고 한문으로 설명을 달아 놓았던 기억이 난다. 지금은 한 권의 책도 남아 있지 않다. 시골에 집은 그대로 있지만 부모님께서 돌아가신 후로는 관리를 하지 않았다. 지금 유일하게 남아 있는 건 1962년도에 만든 어머니께서 쓰시던 아이디알 재봉틀이 유일하다. 이 재봉틀도 아파트 한편에 처박혀 있는데 나만 금쪽같이 아끼지 다른 가족들은 그런 걸 왜 버리지 가지고 있느냐고 이상하다고 한다. 엄마의 숨결을 느낄 수 있는 유일한 엄마의 유품이다.

금이 나간 도자기도 몇 점 있었는데 엿장수가 와서 엿 바꿔 가고 이런저런 이유로 지금은 아무것도 남아 있는 게 없다. 그러나 할머니를 원망하지는 않는다. 당시로서는 할머니의 선택이 최선이었을 것이다. 할머니께서는 우리를 따뜻하게 재우고 싶으셔서 당신이 하실 수 있는 최선의 선택을 하신 걸 거다. 그래. 물건이 아무리 귀하고 비싸다 해도 우리 엄마나 할머님의 보이지 않는 사랑만큼은 못하다. 하늘만큼 땅만큼 크고 넓은 부모님의 사랑 때문에 오늘 내가 이렇게 존재하고 있다. 할머님이 계시고 엄마가 계실 때는 배고프고 힘들어도 마음은 따뜻했는데 오늘 내 맘은 왜 이렇게도 허전할까? 혹시라도 할머니께서 불쏘시개로 태워 버린 그 옛날 책 몇 권 때문에 할머니를 원망하는 마음이 털끝만큼이라도 있었다면 지금 털어 버리자. 할머니는 내게 진짜진짜 명품 할머니일 뿐이다.

하사관학교 동기

사람이 살아가는 곳엔 항상 뜻과 목표를 같이하는 동기가 있다. 그렇다. 군대에서의 동기는 전우다. 배움의 길을 같이 가는 친구는 동기동창이고 일생을 같이할 동기를 우리는 부부라고 한다. 확실히 동기란 글 뜻이 가지는 그 이상의 뜻과 이미지를 풍겨 준다. 특히 난 군대에서의 하사관학교를 잊을 수 없다. 하사관학교 동기 예찬론을 펴 본다. 무더운 여름 비지땀을 흘리면서 교장까지 구보가 실시된다. 너나 나나 어제까지는 곱게도 자라던 부모님들의 귀여운 자식이요 누구의 형이요 누군가의 애인이었다.

그러나 어제부터 너와 나는 우리로 뭉쳤고 군대라는 울타리에서 전우라는 밧줄로 엮였다. 보이지 않는 동기라는 그물 속에서 살게 되었다. 헉헉거리는 숨을 몰아쉬면서 군인다운 군인이 되겠노라고 죽자고 뛰어 본다. 그러나 인간의 능력에는 한도가 있고 차이가 있다. 옆 친구, 아니 동기가 더위에 비틀거린다. 얼굴이 새하얗게 변하자 몇몇 동기들이 모여 들었다. 팔을 부축하고 수통(더위에 물 한 방울은 얼마나 귀중한가? 훈련에서 땀 한 방울은 전투에서 피 한 방울이다.)을 꺼내 머리를 식혀 준다. 누가 먼저 그렇게 하자고 한 것도 아니며 그런 전통이 있었던 것도 아니다. 다만 쓰러져 가는 동기를 보고만 있을 수 없었기에 우리는 서로 뭉쳤다. 그리고 도왔다. 젊은 팔들이 젊은 건각들이 힘차게 힘차게 뭉쳤다.

기초훈련이 끝났다. 2차적인 훈련에 들어갔다. 좀 더 고 차원의 화기를 다루는 훈련이다. 공용화기는 분대장이 될 병사들이 받는 훈련이다. 하사관 학교 입교하기 전 후반기 교육으로 받는 5주간의 필수 훈련 코스다. 단련된 몸들은 훈련받기에 조금의 어려움도 없었다. 그렇게 우리는 하사 관학교 동기가 되었다. 육군 제2하사관학교(기술행정하사 63기)에서의 동기. 아! 어찌 꿈엔들 그들을 잊겠는가? 그들 인들 어찌 나를 잊을 수 있으리오?

도하 훈련 중 굽이쳐 흐르는 시퍼런 강물에 낙엽처럼 홀 로 떠내려가는 동기들을 바라본다. 오직 무사하게 훈련을 마치고 가자고 다짐했던 동기들아! 까만 절벽에서 하얀 돌 멩이처럼 대롱대롱 매달려서 훌쩍훌쩍 점프하던 나의 동기 야! 그래도 구릿빛 담담한 그 얼굴이 믿음직스럽고 다정했 다. 동기야! 대한의 용사로서 책임을 다한 너와 내가 만나서 회포를 풀자. 상당한 시간과 공간의 흐름이 우리를 인간 다울 수 있게 하자. 또다시 한 사람의 인간 그 자체로 돌아 가게 된다. 지나친 천재는 오히려 바보가 된다. 철저하게 바보가 되라는 옛 성현의 말씀처럼 피를 섞어 맹세한들 너 같이 그럴 수 있을까? 오로지 훈련만 생각했다. 친형제, 친남매같이 믿음직스러울 수 있을까? 우리 동기보다 나을 수 없다. 난 아직 못 보았다. 하사관학교에서 동기 같은 끈끈한 정을 가진 인간들을. 내 마음 네가 알고 네 마음 내가 알고 있다. 너도 변했겠다. 나도 변했다. 우리 다시 한번 만나자. 혹 다시 만나지는 못한다 해도 마음은 변치 말자. 영원히!

공직자는 청렴해야 한다

"공직자는 청렴해야 한다. 공직으로 돈을 벌려고 해서는 안 된다." 아버지가 늘 하시던 말씀이었다. 일제 치하의 부잣집에서 태어나 일찍이 일본으로 가서 고생도 했다. 당시 일본의 선진 문물을 접할 수 있었던 부친은 할아버지의 갑작스런 사망으로 졸지에 가장이 되었다. 세상 물정 모르고 자란 아버지는 할아버지가 물려주신 재산을 모두 탕진하고 금전적으로 많은 고생을 했다. 특히 지방 선거, 면장 선거, 통일주체국민회의대의원 선거 등 크고 작은 시골 지방 선거에 출마하면서 경제적인 고통은 더욱더 커졌다. 어떻든 간에 아버지는 우리 자식들에게 공직 생활을 하면서 돈을 벌려고 하면 안 된다는 교훈을 심어 주셨다.

돈을 벌려면 장사(사업)를 해야 한다고 말씀하시곤 했다. 그런 영향을 받아서인지는 몰라도 나도 직장에서 월급 외에 눈먼 돈을 모아서 부자기 되겠다는 생각은 한 번도 해 본 적이 없다. 그냥 열심히 살면 돈은 모일 거라고 막연히 생각하며 살았다. 결국 지방공무원 생활 1년 6개월, 신의 직장이라는 국영기업체에서 32년을 근무하고 정년퇴직을 했다. 1남 3녀 학교 공부시키고 우리 식구 먹고 살고 퇴직금으로 25평 집 한 채와 19평짜리 전세를 끼고 하나 샀다. 모은 돈은 없고 달마다 나오는 국민연금 100만 원과 자식들이 얼마간 주는 용돈으로 아내랑 잘 살고 있다.

나는 젊은 시절부터 저축한 돈으로 여생을 보낼 생각은 한 번도 하질 않았다. 죽을 때까지 활동해서 내가 내 손으로 벌어서 먹고 살겠다는 각오로 살아왔다. 지금도 현역, 내 일도 현역, 죽을 때까지 현역으로 살고 있다. 돌이켜 보면 아버지의 이러한 가르침은 비록 넉넉하게 풍족하게 살 수 있는 부자를 만들지는 못했지만 사회생활을 하면서 정말 떳떳하고 당당하게 살아갈 수 있는 배짱을 가지게 해 주었다. 매일같이 신문지상에 오르내리는 승진 비리, 공사 납품 비리, 인사 청탁 등 가지가지 숱한 일들이 모두 공직자들이 돈을 탐내서 일어나는 일이다. 공직자는 명예를 먹고 살아야 한다. 어떤 이유로든지 월급 이외의 수입을 바라서는 안 될 것이다.

자신의 인생 목표가 돈이라면 사업을 해야 할 것이고 명예라면 공직이나 군, 경찰 등 국민을 위해서 봉사할 수 있는 직업을 택해야 한다. 인생의 더 높은 가치를 찾으려면 종교인이 되면 될 것이다. 돈과 명예를 함께 누리는 방법은 지금 세상에는 없다. 돈 많은 집안과 혼사를 하면 될 수도 있다. 자신의 분수를 알고 그에 맞게 행복을 찾아가는 삶, 진정한 행복이다. 여력이 생기면 남을 위해 봉사하고 그래도 여유가 있다면 국가와 사회를 위해 봉사하는 삶, 진정 행복한 삶이 될 것이다. 청렴의 끝은 결국에는 떳떳한 삶, 진정 행복한 삶으로 연결이 된다.

선 한 번 보고 결혼 골인

장모님 되실 분이 나를 몰래 보고 가셨다. 이런 일이 있고 나서 한 달 정도 지나서 이웃마을에 살고 있었던 친척 누나가 좋은 신붓감 있다고 선보라는 기별이 왔다. 나는 기꺼이 응하기로 하고 만날 날짜와 장소를 정해 주기를 부탁했다. 만날 날짜는 일요일로 하고 장소는 내가 살던 고향의 이웃 지역인 점촌으로 정했다(그때 아내가 살던 곳).

약속한 날 약속 장소인 그녀의 집으로 갔다. 사실 여자가 그립고 결혼을 하고 싶기는 하였지만 억지로 잘 보이고 싶은 생각은 없었다. 평소에 입던 낡은 인조가죽(비닐로 된) 잠바에 운동화를 신고 전혀 꾸미지도 않았다. 평상시 시골 면사무소에서 근무하던 모습으로 갔다. 혼인은 인연이 닿아야 하지 억지로 만든다고 되는 게 아니라는 것이 평소의 생각이었다. 드디어 약속한 장소인 그녀 집에 도착했다. 안방에서 장인 되실 분께 인사를 올리고 몇 마디 질문을 받았다. 간단한 테스트가 끝나고 아내 될 사람을 만나러 갈 시간이 되었다…. 내가 막 방문을 나서려는 순간 장인 되실 분께서 내 뒤에서 "성실하기는 하겠는데 키가 좀 작다."라고 하셨다. 사실 나는 지금까지 살면서 주위 분들과 우리 식구들로부터는 키가 작다는 말은 한 번도 들어 본 적이 없었다. '키가 작다니. 당신 딸은 키가 얼마나 크길래 나보고 키가 작다고 하는가.' 하는 오기가 생겼다.

아내 될 그녀는 근처에 있는 다방에서 만나기로 했다. 내가 먼저 약속 장소인 '만남 다방'으로 가서 기다렸다. 아내가 될 그녀가 왔는데 키가 별로 커 보이지가 않았다. 그녀는 긴 생머리를 하고 있었다. 소개해 준 친척 누나를 통해 듣기로 고등학교를 졸업 후 지금은 집에서 가사를 돕고 있다고 했다. 친구와 함께 찍은 사진을 미리 받아 본 것이 내가 아는 그녀의 전부였다. 그런데 그녀의 첫인상이 매우 편안하고 오래전부터 알고 지내던 사이 같다는 느낌이 들었다. 왠지 나를 포용하는 듯한 분위기가 느껴졌다. 커피를 한 잔 마시고 밖으로 나왔다. 그녀는 아무 말 없이 따라서 일어섰다. 우리는 시내를 빠져나와서 영순 냇가를 걸었다. 처음 와 보는 길이었다. 대충 서로에 대한 궁금한 점을 물어보는 정도였고 마음속으로 더 만나야 할지 말지를 저울질하고 있었다.

사실 나의 연애관은 적극적이기보다는 상대가 적극적으

로 유도해 주기를 바라는 스타일이다. 상대방의 생각에 따라 내 생각도 결정될 수밖에 없는 상황이었다. 여기서 끝낼까? 계속 몇 번 더 만나 볼까? 그런데 그녀의 긴 생머리와 한 살 차이, 혈액형이 'O'형이라는 조건이 매력으로 작용했다. 내가 좋아하는 여자상과 공통점을 3가지나 갖추고 있었다. 우연이라기보다는 필연인가 보다고 생각했다.

냇가를 거의 지나고 집 앞에 다다랐을 무렵 역시나 그녀가 먼저 나의 의사를 물어왔다. "다음 주 일요일에 오실 거지요?"라고 부드럽게 말하면서도 거절할 수 없도록 만드는 이상한 매력이 있었다. 나는 생각할 겨를도 없이 "예." 하고 대답하고 말았다. 이 대답 한마디가 지금까지 50년 인연의 시작점이 되었다. 현재도 진행형이다. 여보 사랑해.

약혼식

맞선을 본 후 일주일이 지났다. 토요일 오후가 되어서 그
녀를 만나러 가야 할지 말아야 할지 고민에 쌓였다. 혹시
모를 일요일 근무가 걱정이 되었다. 면 서기란 원래 토요일
도 일요일도 없는 직업이다. 농촌이 바쁘면 우리도 바쁘고
국가가 바쁘면 또 우리도 바쁘다. 정부 모든 부처의 일을
처리하는 최말단 기관이 면사무소라고 생각하면 된다. 상
부에서 별다른 비상근무 지시가 없다. 토요일과 일요일에
당직이나 숙직도 걸리지 않았다. 그녀를 만나러 갔다. 엄청
반갑게 맞아 주었다. 장모님 되실 분께서는 숙박업을 하고
계셨다. 건물은 비록 임차하여 여인숙을 하셨지만 규모
가 제법 크고 꽤 오래되어서 주위에서는 제법 많이 알려져
있는 업소였다.

장모님께서는 혼기가 된 큰딸을 위해 다른 집에 방을 얻
어서 따로 생활하도록 했다. 일주일 전에 처음 만난 사이답
지 않게 그녀는 나에게 매우 친절했고 다정하게 대했다. 우
리 집은 여자라고는 할머님과 어머님, 그리고 나이 어린 누

이가 있었기에 성숙한 여자의 친절이 매우 고마웠고 모성애를 느꼈다. 나는 오늘도 역시 다 헤어진 인조가죽 잠바에 운동화를 신고 그녀를 찾지만 그녀는 이런 모습의 나를 전혀 개의치 않고 친절하게 대해 주었다. 입고 간 와이셔츠와 운동화를 깨끗하게 세탁하여 집에 갈 때 입을 수 있도록 해 주는 재치를 보였다.

그녀는 매우 멋쟁이였다. 당시 유행하던 나팔바지에 굽 높은 구두를 신고 생머리를 길게 기르고 있었다. 시골에서 나고 대학교 다닐 때 대구에서 2년을 생활했던 걸 빼면 거의 25년간을 시골에서만 생활했던 나다. 읍내에 있던 그녀의 생활은 꽤 문화생활로 보였다. 우리 집은 전화도 없었던 시골인 데 비하면 그녀는 매우 문화적이고 도시적인 생활이었다. 그다음 주는 다른 행사 때문에 그녀를 찾아갈 수 없게 되자 그녀가 우리 집으로 찾아왔다. 갑작스런 방문에 매우 당황했다. 다 큰 처녀가 혼자서 남자의 집을 방문하기는 쉬운 일이 아닌데 그녀의 용기가 대단하기도 하고 한편으로는 '이래도 되는가?' 생각도 들었다.

우리 집이 면 소재지 중심으로 소문나기 딱 좋다. 후일 와이프한테 들은 얘기지만 그날도 오고 싶어서 온 건 아니었다. 내가 바쁘지도 않은데 자기를 만나기 싫어서 그런 줄 알고 진짜 바쁜지 알아보기 위해서 왔었단다. 나는 그날도 사무실에 출근을 해서 일을 하고 있었다. 일을 하고 있는데 어머님께서 사무실로 오셔서 누가 나를 찾아왔다고 했다. 가 보니 그녀였다. 반갑기도 하고 뜻밖이었다. 시골이라 먹을 곳도 마땅치 않아 그녀를 이웃에 있는 중국집으로 안내해서 중국 음식을 대접했다.

차마 집으로는 못 데려가고 밖에서 점심을 먹고 잠깐 이야기하다가 집으로 돌아갔다. 저녁에 오니 어머니께서 그녀를 한참 보셨다고 하셨다. "네 마음에 들면 사귀어 보라."고 말씀하시는 걸로 보아 싫지 않으신 눈치다. 아버지는 "너희들이 알아서 해라."는 식이었다. 나도 싫지 않았다. 그 다음 주에는 정식으로 우리 집에 초대를 해서 인사를 드렸다. 동생들도 모두 좋아했고 다른 식구들도 반대를 하는 사람은 없었다. 양가에서는 우선 약혼식을 올리기로 합의를 하고 날짜를 정했다. 지금은 언약식이라고 해서 당사자들끼리 하지만 당시는 결혼하기 전에 양가의 친척들이 모여서 간단한 인사와 식사를 겸한 행사를 했다. 사진을 찍고 가족 소개하는 절차를 약혼식이라고 한다. 한마디로 예비 결혼(?)인 약혼식을 마치고 나니 이제는 절반은 임자 있는 몸이 되어 행동에도 제약을 받게 되었다. 약혼을 하고 나니

선을 볼 자리가 더 많이 생기고 보이는 처녀들이 모두 예뻐 보였다. 그래도 이제부터 누가 뭐래도 나는 평생 한 사람만 사랑하며 살아가야 하는 주인 있는 몸이 되었다.

아내고시

약혼식을 하고 나니 이제는 공개적으로 만나고 서로의
집을 자유롭게 오가도 흉이 되지 않는 권리를 부여받았다.
양가에서도 결혼을 약속한 사이이므로 아무런 제약도 두
지 않았다. 우리는 자연스럽게 첫날밤을 치르게 되었다. 속
도위반이었다. 결혼까지 약 1년간의 기간이 있었지만 다행
히 임신은 되지 않았다. 나는 더욱 바빠졌고 그녀가 우리
집으로 찾아오는 횟수가 늘었다. 주위의 친구들도 내 신부
될 사람이란 걸 자연스레 알게 되었고 친구들에게도 소개
했다. 이즈음 점점 시골 생활에 물들어 가는 내가 싫어지기
시작했다. 농촌이 싫다는 게 아니라 좀 더 큰 세상으로 나
가서 살고 싶어졌다. 꼭 서울이 아니라도 시골을 벗어나고
싶었다.

돌이켜 보면 어릴 때 아버지께서 지방 선거에서 무참하
게 패배하신, 한 번도 아닌 네 번씩이나 떨어진 경험이 있는
고향이 싫었는지도 모른다. 어쨌든 고향을 벗어나고 싶었
다. 다른 직장을 찾아보기로 했다. 옮겨 갈 만한 직장을 물

색하기 시작하던 중에 신문에서 '농업진흥공사 직원 모집' 공고를 보게 되었다. 나는 그녀를 생각했다. 그녀에게 원서 접수를 부탁하기로 했다. 그러면 현재의 직장에서 눈치채지 못하게 감쪽같이 시험을 볼 수 있고 설사 시험에 떨어져도 아무도 모르게 지나갈 수 있었기 때문이다. 그녀에게 부탁하기로 했다. 한편 이 기회에 그녀의 나에 대한 사랑도 테스트해 보고 얼마나 심부름을 잘하는지 용기도 테스트해 보고 결국 나의 신부로서의 능력을 검정하는 기회로 삼을 생각이었다.

상주 시내 다방에서 그녀를 만났다. 영문도 모르고 불려 나온 그녀는 다짜고짜로 내미는 나의 입사지원서를 가지고 대구에 가서 접수를 하라고 하니 황당해했다. 나는 그녀가 내 황당한 부탁을 거절할 거라 생각을 했다. 결과는 반대였다. 대구에 고모부가 계신다면서 자기가 다녀올 것이라 했다. 그녀는 용기가 있었다. 그리고 나에 대한 믿음이 대단했고 나를 평생의 반려자로 이미 생각하고 있었다. 입사지원서 접수를 하고 접수증을 가져왔다. 그녀에게 진심으로 고마웠고 수고했다고 몇 번씩 인사를 했다.

그런데 며칠 후 이렇게 어렵게 접수한 원서 일부 내용을 고쳐서 다시 접수해야 한다는 연락이 왔다. 정말로 어처구니가 없었다. 고칠 내용은 이러하였다. 나는 농업계 고등학교를 졸업했지만 '회계직'으로 응시를 했다. 이유인즉슨 내가 영남대학교 병설 실업 초급대학 상학과를 졸업했기 때문에 전문대 졸업 자격으로 회계 직종으로 응시가 가능했기 때문이었다. 하지만 당시 모집 공고에 '토목직'은 고졸, 전문대 졸, 대졸로 응시 자격을 구분하였고 회계직은 상업계 고등학교 졸업, 상경계 대학 졸업자만 응시 자격이 주어졌다. 엄격히 따지면 나는 응시 자격이 미비한 상태였다. 운이 좋게도 직원이 잘못 접수하였기 때문에 무효로 할 수가 없어서 나만 유일하게 농업계 고등학교이면서 상업계 초급대학을 졸업한 자격을 인정하여 상업계 고등학교 졸업 자격으로 응시가 가능하다는 통보를 해 온 것이었다.

나는 시험을 치를 수 있는 자격이 주어진 것만으로도 만족했다. 나는 또 한 번 그녀에게 부탁하기로 했다. 그녀는 두말없이 내 부탁을 들어 주었다. 그녀는 천사였다. 싫다는 내색은 조금도 없었다. 사실 나 같으면 두 번씩이나 똑같은 일을 시키면 짜증날 법도 한데 어쩜 그녀는 인상 한 번 찌푸리지 않았다. 이렇게 접수한 시험이었다. 약 10 대 1의 경쟁을 뚫고 당당히 합격하였다. 그래서 난 지금도 오늘의 나를 있게 한 건 오로지 우리 그녀, 지금의 와이프 덕분이라는 감사하는 마음을 가지고 평생을 살았다. 그녀는 내게 운명처럼 다가와서 내 운명을 송두리째 바꿔 버렸다. 죽을 때까지 고마움은 못 잊을 것이다. 나의 신부 테스트 통과. 아내고시 합격을 축하.

처음이자 마지막 효도

첫딸 애리의 백일을 맞아서 우리 부모님과 처가의 장인, 장모님께서 모두 오셨다. 결혼하고 처음이다. 나는 특별하게 부모님을 모셔야겠는데 방법이 없었다. 거래처의 선배이신 김부장님께 사정을 말씀드렸다. 당시는 자가용이 무척 귀한 시절이었다. 자가용은 정부의 고위직이나 대기업체 임원 정도 되어야 자가용을 탈 수 있던 시절이었다. 김부장님은 내 사정을 잘 알고 있었다. 자기 회사 자가용을 하루만 기사를 딸려서 보내 줄 테니 부담 가지지 말고 쓰라고 했다. 선배 회사 자가용으로 부모님들을 모시고 개장한 지 얼마 되지 않는 용인 자연농원으로 갔다. 아기는 아내가 안고 다녔다. 나는 부모님을 모시고 여기저기 구경을 했다. 놀이기구도 타고, 사진도 찍었다.

지금 생각해 보니 장모님께서 청용열차를 타시고 환하게 웃으시던 모습이 어렴풋하게 떠오른다. 점심은 수원 근처의 갈비집에서 수원왕갈비를 먹은 기억이 난다. 지금 이 시간 이 세상에 계시지 않으신 나와 아내의 부모님께 정말 송

구스럽다. 좀 더 멋있게 모시지 못한 것이 후회된다. 아버지, 어머니, 그리고 장인, 장모님이 그렇게 기뻐하시던 나들이를 평생 한 번밖에 효도를 못 해 드렸다. 두고두고 후회된다. 이제는 우리 부부도 네 아이의 부모로 세 가족의 장인, 장모가 되었다. 제대로 변변한 효도 한 번 드린 적 없어서 우리 부부도 자식들한테 효도하라는 말도 할 수도 없다. 그렇게 첫딸의 백일잔치는 막을 내렸다.

부모님들께서도 가시고 우리 식구만 남았다. 젊은 시절 나는 젊음이 영원한 줄 알았다. 시간의 소중함을 몰랐다. 이젠 식구도 하나 더 늘었고 돈 쓸 일은 점점 더 많아질 것이다. 그런데 아내는 살림을 진짜 잘한다. 손도 크다. 집안에 손님이 오시면 언제나 많지는 않아도 차비를 드린다. 나는 그 뜻을 몰랐는데 그것이 어릴 때부터 자기 집안의 전통이란다. 우리는 자랄 때 너무 가난해서인지는 몰라도 돈을 얻어 본 기억이 별로 없다. 그리고 누구에게 돈을 주는 것도 본 적이 없다. 집안 가풍에 따라서 다소 차이는 있겠지만 살림도 잘하고 우리 가족들한테 잘하는 아내를 얻은 내가 아내 복이 많은가 보다. 아내에게 고맙고 이렇게 훌륭하게 키운 딸을 저에게 보내 주신 장인, 장모님이 감사하다.

가끔씩 아내가 나에게 "당신은 장인, 장모님 살아 계실 때 효도 한 번 제대로 한 적 있느냐."고 따질 때는 정말 쥐구멍이라도 들어가고 싶은 심정이다. 왜 그때는 그걸 못 했는지 모르겠다. 결국은 '다음에 하지. 또 좀 더 잘 살게 되면 하지.' 하고 미루다 보니 결국 오늘이 되었다. 효도, 미루는 게 아니다. 어렵게 생각할 것도 없다. 큰 효도가 아니더라도 그때그때 마음으로라도 표현하면 된다. 지금 돌이켜 보면 부모님께서 천년만년 살아 계실 거라는 착각에 빠져 있었던 내가 후회된다. 또 '좀 더 잘 살게 되면 효도해야지?'라는 생각은 순전히 핑계다.

아들아, 딸들아 부모님들께서는 절대 여러분의 효도를 받기 위해서 무한정으로 기다리지 않는다. 지금 이 순간, 지금 이 시간이 정말로 중요한 시간이다. 전화 한 통, 따뜻한 말 한마디가 여러분의 부모님을 신나게 만든다. 분명히 기억하거라. 부모님께서 살아 계신다는 것 자체가 행복이다. 내 주위에 무진장으로 널브러져 있는 행복의 조각들을 부지런히 긁어모으자. 주인 없는 행복의 조각은 모아서 모아서 행복의 퍼즐을 맞춰 나가라. 가장 쉽고 보람되고 값있는 행복은 바로 부모님께 효도하는 것이다.

제2장

꼴찌 김부장

슬픈 기억

우리 형제는 7남매 중 4남매만 살아남았다. 반타작을 한 셈이다. 위로 형이 있었지만 돌을 넘기고 죽었다. 아래로도 여형제가 둘이 더 있었지만 3살, 2살 때 모두 잃었다. 초등학교 3학년 때 아버지는 사업을 그만 두시고 경찰로 복직하셔서 김천 경찰서에서 근무하셨다. 이때 처음 디젤 기관차가 등장했다. 아마 내가 10살쯤이니까 1959년경이다.

바로 밑에 동생과 나는 디젤기관차를 '뽕~차'라고 불렀다. 역을 지날 때면 "뽕~~~." 하고 길게 소리를 내며 지나갔기 때문에 우리 형제가 붙여 준 이름이다. 시골에서 초등학교를 다니다가 김천으로 전학을 했다. 얼마 후 세 살짜리 여동생이 '이질설사병'으로 세상을 떠났다.

지게꾼 아저씨가 어린 동생을 싸서 지게에 메고 갔다. 아버지랑 나는 그 뒤를 따라갔다. 집에서 멀지 않은 뒷산 양지바른 곳에 동생을 묻어 주었다. 지금도 또렷하게 기억이 났다. 여동생의 이름이 영숙이였는데 너무 귀엽고 똑똑했다. 남동생도 '이질설사병' 걸려서 변을 볼 때면 항문이 빨

갛게 튀어나왔다. 나는 백일기침에 걸려서 병원을 다녔다.

어머니는 이대로 함께 살면 애들 모두 죽일 수 있다고 나를 할머니가 계시는 시골로 보냈다. 이때부터 나와 할머니 둘이서 시골살이가 시작되었다. 학교도 고향에 있는 시골 학교로 전학을 했다. 3학년 때였다. 1학년 담임선생님은 아버지랑 친구분이셔서 나를 무척 아껴 주셨다. 선생님에게는 나보다 두 살 어린 딸이 있었다. 이름이 혜연이라고 기억이 된다. 선생님 댁이 우리 집에서 상주 읍내 가는 길 중간쯤에 있다는 걸 다 큰 다음에 알았다. 선생님과 그 가족 분들의 안부는 알지 못한다.

2학년 때는 담임선생님이 여러 번 바뀌었던 기억이 난다. 또 학생 수가 많아서 오전과 오후로 나누어서 수업을 받았던 기억도 난다. 우리 집은 학교와 담 하나 사이에 있었다. 비 오는 날 우산 쓰고 학교 가는 것, 점심 도시락 싸서 학교 가서 밥 먹는 것이 소원이었다. 비 오는 어느 날에는 오후반 수업을 까먹고 놀고 있다가 지각을 한 적도 있다. 이때까지는 아버지가 고향 시골 지서(현재는 파출소)에서 경찰로 근무하셨다. 반공훈련을 하는 날이면 아버지께서 경찰제복을 입으시고 훈련 상황을 점검하러 학교로 오셨다.

3학년 때 아버지는 김천 경찰서로 발령이 나서 엄마랑, 나, 남동생, 여동생과 함께 이사를 갔다. 할머니 혼자 시골집에 남겨 두고. 그 후로 여동생을 잃고 나와 남동생도 병에 걸려서 언제 죽을지도 모르는 상황에서 나만 시골로 오게 된 것이다.

2학년 때 기억이다. 내가 다닌 초등학교에는 작은아버지와 6촌 아저씨가 선생님으로 근무하고 계셨다. 내게는 엄청난 큰 빽이었다. 같은 동네에 살고 같은 반 친구들은 나의 그런 배경에 샘을 냈다. 믿으려고 하지 않았다. 어느 날 6촌 아저씨 선생님이 교단 위에서 신문지로 얼굴을 가리고 주무시고 계셨다. 친구들이 저 선생님이 진짜 너의 6촌 아저씨라면 네가 가서 신문지를 벗겨 보라고 했다. 그러고서도 혼나지 않으면 진짜 아저씨로 인정해 주겠다고 했다. 나는 얼른 가서 신문지를 벗겼다. 잠에서 깬 아저씨가 우리 모두를 잡아다가 크게 혼을 냈다. 결국 친구들은 진짜 아저씨로 인정을 해 주지 않았다. 그 아저씨 선생님은 나중에 위암으로 일찍 돌아가셨다.

3학년 때 담임선생님은 막걸리를 유난히도 좋아하셨다. 읍내 농업계고등학교 졸업하시고 선생님이 되셨다. 정규 교육대학 교육을 받지 않았다. 풍금도 못 치고 체육도 잘

못했다. 오로지 실습장에서 농작물 키우는 실습을 유난히 많이 했다. 선생님이 졸업하신 고등학교가 훗날 나의 모교가 되었다. 공교롭게도 3학년 담임선생님은 5학년, 6학년 때도 담임을 하셨다.

4학년 때는 할머니 친척 동생뻘 되시는 선생님이 담임을 했다. 선생님은 우리가 4학년을 졸업하는 달에 입대를 했다. 나는 1학년부터 6학년까지 매년 성적 우수한 우등상을 받았다. 그런데 4학년 때는 선생님이 우등상을 주시면서 "사실 너는 우등상 대상이 아니지만 선생님과 같은 집안(할머니의 친정 친척)이라서 특별히 준다."고 했다. 그 말에 자존심이 많이 상했다.

그 기억은 지금도 생생하다. 차라리 상을 주지 말지….
가끔씩 생각난다. 슬픈 기억들이다.

똥 만드는 기계 같은 인간

세상이 변하는 속도도 빨라지고 물질적으로 풍요롭다 보니 행복의 기준도 변했다. 외형적으로 크고 호화롭고 돈이 많아야 행복하다고 생각하는 사람이 많은 것 같다. 우리 어린 시절(1960-1980년대)에는 공부를 잘 못하면 부끄러워 고개도 못 들고 다녔다. 지금은 연예 프로 방송을 보면 공부 못한 걸 오히려 자랑을 한다. 공부는 못해도 돈만 잘 벌면 된다는 생각, 정신적인 면보다 물질적인 면을 중요시하는 세상이 된 것이다.

공부는 단순하게 지식의 충전이 아니다. 학교 공부는 사람으로서 갖추어야 할 기본적인 소양을 쌓고 인생관을 확립하는 데 필요한 바탕이 된다. 공부를 잘한다고 자랑할 필요도 없지만 공부 못한 게 자랑은 아니다. 가난했지만 정이 넘쳤던 시절 초등학교 6학년(1962년) 어느 날 수업 시간이었다. 담임선생님께서 일이 있으셔서 옆 반과 합반으로 수업을 했다. 옆 반 담임선생님은 키도 크고 특히 코가 유달리 커서 코주부라는 별명을 가지고 있었지만 잘생기신 편이었다.

합반을 하다 보니 정상 수업 진도는 나갈 수가 없고 앞으로 우리가 인생을 살아가면서 도움이 될 만한 이야기를 해 주겠다고 하셨다. 칠판에 한문으로 사람 인 "人, 人, 人, 人." 4자를 쓰고 아래에는 '인분 제조기(人糞 製造機)'라고도 커다랗다 썼다. "이것이 무엇을 뜻하는지 혹시 아는 사람이 있느냐?"고 반문을 하셨다. 아무도 아는 사람이 없었다. 선생님께서는 친절하게 설명을 해 주셨다. "人이면 다 人이냐? 人이라야 人이지?(사람이면 다 사람이냐? 사람이라야 사람이지?)" 사람이 사람 노릇을 못 하고 살면 인분 제조기나 다름없다는 말이라고 하셨다.

인분 제조기란 밥 먹고 똥 만드는 기계라는 뜻이다. 한마디로 사람 노릇을 못 하는 사람을 빗대어 한 말이다. 어떻게 사는 것이 사람 노릇을 잘하며 사는 것일까? 확실한 기억은 아니지만 공부 열심히 해서 사회에 필요한 사람이 되자. 내게 주어진 책임과 의무를 다하는 사람이 되자. 어려운 사람은 도와주고 부모님께 효도하는 사람이 되자. 아들, 딸 낳아서 잘 키우는 사람이 사람 노릇 잘하는 사람이라고 말씀하신 것으로 기억한다.

60년이 훌쩍 지난 오늘에 나는 사람 노릇을 제대로 하면서 살아왔는지 되돌아본다. 부모님께 엄청난 효도는 못 했지만 특별하게 속 썩인 일은 없으니 그럭저럭 사람 노릇 잘 했다고 하겠다. 장인, 장모님께는 지독한 불효를 저질렀다. 장모님께서 갑자기 편찮으셔서 병원에 입원하고 계실 때 주말을 이용해서 병문안을 갔었다. 하루만 더 머물고 가자고 아내가 애원했지만 이튿날 직장 출근을 핑계로 매정하게 거절하고 상경했다. 며칠 후 장모님께서는 마지막으로 딸의 얼굴도 못 보시고 돌아가셨다. 아내는 지금까지도 나를 원망한다. 사람 노릇을 제대로 못 했다.

법률로 정한 국민의 4대 의무는 그런대로 때웠다. 병역 의무도 다했다. 의무 교육도 받았고 대학 교육도 받았다. 많지 않은 세금이지만 연체 한 번 없이 100% 납부했다. 공무원을 거쳐 국영 기업체 입사했다. 정년 후 일반 회사에서 개인 사업자로 일해 근로의 의무도 했다. 결혼해서 4남매를 낳아 대학까지 교육시켰다. 결혼하고 손자, 손녀 낳아서 잘 자라고 있다. 형제들, 친척들, 이웃과도 별 문제없이 잘 지내고 있다. 이 정도면 사람 노릇을 제대로 할 만큼 했다고 자부한다.

그러나 부족했던 점이 더 많았다. 특히 마음 씀씀이가 썩 좋은 편이 아니었다. 가까운 친척이나 가족 외에 다른 가족이 잘되고 성공했을 때 진심으로 축하해 주고 내 일처럼 기뻐하였던 적이 없다. 형식적으로 입에 발린 인사나 하고 자그마한 선물로 때운 적이 많았다. 이웃이 불의의 사고나 질병으로 힘들어 할 때 내 일처럼 걱정하고 도와준 일은 한 번도 없다. 다른 사람이 잘되고 행복해하면 질투하고 시샘하고 배 아파했던 적이 오히려 많았다. 우선 나와 내 가족의 행복과 건강만을 바랐을 뿐 진심으로 다른 사람을 위해서 한 일이 없다. 뒤돌아보니 내가 너무 이기적이고 위선적인 존재로 느껴진다.

결국 내 인생의 절반 이상을 인분 제조기 수준의 삶을 살아왔다. 인분 제조기로서의 기능이라도 100% 잘할 수 있었으면 좋겠지만 병이 들면 그것마저도 쉽지 않다. 남아 있는 시간만이라도 정신을 차리고 사람 노릇 제대로 하면서 살자고 다짐한다. 어렵고 힘든 이웃도 도와주고 좋은 일에 쓸 수 있게 기부도 좀 하고 살자. 가족들에게도 인분 제조기의 삶을 살지 말고 사람 노릇 하면서 살라고 부탁(?)해야겠다. 코주부 선생님이 생각난다. 사람으로 태어났다고 모두가 다 사람이 아니다. 사람 노릇을 해야 사람이지. 인분 제조기(人糞 製造機)가 되지 말자. 70억 세계 인구 중 사람 노릇을 제대로 하며 사는 사람은 얼마나 될는지 궁금하다.

두드리면 열린다

중학교 때 처음 배운 영어가 정말 재미있었다. 남의 나라 말이라 신기하기도 했지만 발음이 특이하신 영어선생님이 좋았다. 약간은 코맹맹이 소리로 짱짱하게 혀 굴리시는 소리가 미국 본토 발음처럼 들렸다. 선생님은 나를 무척 예뻐해 주셨다. 면 소재지 촌놈이라 순진하기도 했지만 선생님 말씀에 무조건 순종했기 때문인지도 모른다. 우리는 선생님을 MD(문둥이)라는 별명으로 불렀다. 선생님의 눈썹이 거의 없었다. 당시 선생님은 우리에게 영어를 잘하기 위한 4대 요소를 첫째 Reading(읽고) 하고, 둘째 Writing(쓰고) 하고, 셋째 Hearing(듣고) 하고, 넷째 Speaking(말하라) 하라고 강조하셨다. 주옥같은 말씀을 지금까지 기억은 하는데 실천을 못 했다. 선생님께 죄송할 뿐이다.

선생님께서 내 졸업 기념 비망록에 적어 주신 말씀이 바로 "Knock The Door, and Open The door(두드려라, 그러면 열리리라.", "Where there is a will, Where there is a way(의지 있는 곳에 길이 있다)."라는 두 문장의 글귀였다.

평범하고 우리가 아주 흔히 주변에서 보고 듣고 쓰는 말이다. 그래도 이 두 문장만큼 내 가슴에 오래오래 간직하고 있다. 나는 어떤 사안이 있을 때 먼저 내가 이 일을 해야 하는지? 말아야 하는지? 의지가 있는지를 먼저 물어본다. 의지가 있다면 과감하게 두드린다. 도전 결과는 거의 100% 성공했다.

돌아가신 정주영 회장님의 말씀 중에 "해 봤어?"라는 말씀이 매우 널리 알려져 있다. 어떤 일을 할 때 보통 대다수의 사람들은 안전 위주, 보수적인 측면에서 의사 결정을 건의하고 '어렵다.', '실패할 확률이 높다.'는 등 이유를 붙일 때 정주영 회장은 "해 봤어?"라고 말했다. 해 보지도 않고 미리 겁부터 먹는 임원들을 질책하는 말씀이다.

입사 후 10년이 다 되었는데도 승진은 되지 않고 후배들이 추월하여 승진을 하는 지경에 이르렀다. 마침 나는 승진을 주관하는 부서에서 일을 하고 있었다. 아침저녁으로 만나는 부장이 승진심사위원장이다 보니 '고참이고 일도 잘하고 시험 성적도 그렇게 나쁘지 않은 나를 이번에야 승진시켜 주겠지?' 하고 내심 큰 기대를 하고 있었다. 역시나 승진 대상자에서 빠져 버렸다. 열 받는 일이다. 그렇다고 직장을 때려치울 형편도 아니다.

두드려 보자. 그러면 열리리라. 궁금하냐? 할 말이 있나? 그러면 물어보자. 그리고 할 말을 해 보자. 그러면 떨어진 이유를 알 것이다. 나는 용기를 내어 부장 방 방문을 두드렸다. 결재 시에나 부르면 들어가던 방인데 내가 스스로 들어가기는 처음이다. 부장은 당황하는 척은 했다. 금방 내가 온 이유를 짐작하겠다는 듯이 앉기를 권했다. 자리에 앉았다. 먼저 묻지도 않았는데 본인 스스로 이번에 승진시키지 못해서 미안하다고 했다. 단도직입적으로 물었다.

"떨어진 가장 큰 이유가 무엇인가? 시험 성적? 인사고과? 이유를 알아야 다음에 보완을 할 것이기 때문이다." 돌아온 대답은 의외였다. "무조건 1등을 해야지. 그러면 1명 뽑아도 되고 2명 뽑아도 되는데 자네는 1등이 아니라 떨어졌다."고 했다. 정말로 현명한 대답이다. 그러면서 "중이 절이 싫으면 중이 떠나야지. 절보고 떠나라고 할 수는 없지 않느냐?"면서 싫으면 직장을 그만두란다. 결국 본전도 못 건졌지만 멘탈 강화에 많이 도움이 되었다. 진짜 뭣 같은 부장이었지만 나도 크게 반성하는 계기가 되었다.

모든 게 나의 잘못이란 걸 알았다. 결국 돈을 쓰던지 무슨 짓을 하던지 1등을 하고 봐야 한다. 2명 뽑으면 2등, 3명 뽑으면 3등 이내 들면 되는 걸 누가 모르나? 그래서 또 한 번 더 새로운 인생의 출발을 하게 되는 기준점이 되었다. 부조리는 어디에나 있다. 부조리는 불법은 아니다. 그래서 부조리가 판을 친다. 부조리에 의한 방법으로 성공하고 나면 그만이다. 정신 차려야지 옆자리 직원이 죽어도 자기 일이 아니면 신경도 안 쓰는 세상. 높은 사람 눈치만 보는 집단 속에서 살아남기 위해서는 스스로 강해져야 한다. 이때부터 나의 목표는 바뀌었다. 회사를 위해 희생해야 된다는 생각은 버렸다.

건강하게 정년까지 근무하기, 어느 한 분야의 전문가 자격증 취득하기, 내 집 마련하기, 4남매 모두 건강하게 대학까지 마치고 시집, 장가 잘 보내기, 가족 건강하기, 형제간에 우애 지키기로 바뀌었다. 어찌 되었건 이때부터 새로운 뜻을 새우고 새로운 일에 도전하는 데 주저하지 않고 지금까지 살아왔다. 전문가자격증은 공인중개사, 경영지도사, 유통관리사 3급, 웃음치료사 1급, 리더십지도자 1급, 레크레이션 지도자 1급, 개인브랜드컨설턴트 자격증을 땄다. 뭣 같은 세상이지만 나마저 같은 부류가 된다면 이 세상 살맛이 나지 않겠기에 버텼다. 부처님 말씀대로 남이 나에게 잘해 주지 않는다고 남을 탓하지 말고 나의 내면에 무슨 문제는 없는지 잘 살펴보자. 오늘도 나는 쉴 새 없이 두드리고 있다. 아직도 열지 못한 남아 있는 문을 열기 위해서 열심히 두드리며 다닌다.

아들의 군대

우리나라에서 아들자식 둔 사람이면 군대 보낼 걱정하지 않는 부모는 없다. 부사관으로 근무했던 나도 그랬다. 군대가 예전보다 많이 좋아졌다고 해도 역시 군대는 군대다. 가지 않을 수만 있다면 가지 않는 게 가장 좋고 가더라도 편하게 군대 생활하고 싶은 게 솔직한 심정이다. 어차피 대한민국 남자라면 의무적으로 가야 하는데 병역을 마치는 방법은 여러 가지가 있다. 그중의 한 가지 방법으로 의무경찰로 근무하는 방법이 있다. 군대 인기가 병역 특례 〉 카투사 〉 육군 〉 공군 〉 해군 〉 의경의 순으로 의경의 인기가 최하위다. 그래도 육군보다는 고생을 덜하겠지 하는 생각으로 아들을 의경에 지원시켰다.

나는 70년대에 육군에서 군대 생활을 했다. 징집에 의해서 논산훈련소에 입대하여 전반기 6주 교육 후 하사관 후보생으로 강제 차출되어 후반기 4주간 분대 공용화기 교육을 받고 하사관학교에서 8주간의 교육을 받았다. 그 후 원주통신훈련소에서 16주간의 통신병 특과교육을 마치고 하사로 임관했다. 자대 배치 후 군대 생활 36개월 만에 만기 전역을 했다.

아들은 육군보다는 다른 병과로 보내고 싶었다. 솔직히 아들이 영어만 좀 했더라면 카투사를 가기를 바랐다. ROTC도 권했다. 전투경찰제도가 1967년부터 시행되었다는데 그런 것도 모르고 군대 생활을 했다. 전투경찰의 존재에 대한 사회적인 공감대가 약했던 시절이었다. 전투경찰이 세간에 알려진 것은 아마 격렬한 학생 시위 현장에서 또 같은 젊은이들이 한편에서는 데모를 하고 한편에서는 막아야 하는 현장이 자주 언론이나 거리에서 목격되었기 때문인 것 같다.

솔직히 나도 아들이 의경에 가기 전에는 의경들이 데모 진압에 동원되는 병력인 줄은 진짜로 몰랐다. 다른 사람들이 그렇다고 해도 설마 설마 저렇게 힘든 일을 하는 의경을 지원제로 모집을 한다는 것은 말도 안 된다고 여겼다. 어쨌든 아들이 육군보다는 조금 다른 데로 가기를 원했다. 결국은 본인과 의논하여 의무경찰에 지원하기로 결정을 했다. 경찰청에 가서 시험도 보고 종합병원에 가서 신체검사도 사비를 들여서 받았다. 한 번 떨어지고 두 번째 어렵게 어렵게 의무경찰 시험에 합격하여 입영통지서를 받았다. 대학교 1학년 휴학을 한 상태에서 의경에 입대하기로 마음을 굳힌 아들이 대견스러운 한편 안쓰럽기도 했다. 남자면 누구나 한 번은 거쳐야 하는 과정이 군대다.

사실은 아들이 의경 지원을 결정하기 전 몇몇 지인을 통해서 의경의 근무 환경에 대해서 알아보았다. 현직 경찰관으로 재직 중인 친구는 "절대로 의경은 보내지 마라. 매일매일 데모대와 싸워야 하는데 차라리 지금은 육군이 훨씬 편하고 좋다." 했다. 사실 군인은 전쟁이 나야 싸우지만 의경은 매일매일 싸움터에 가야 한단다. 나는 그땐 무슨 뜻인지도 몰랐다. 또 한편 G 경찰서에 방문하여 의경 제도에 대해서 물어보았더니 엄청 좋은 것처럼 애기를 하였다. 지금 생각해 보면 지원자가 없어서 많이 모으려고 그랬던 것 같기도 하다.

결국 의경이 힘든 점도 있지마는 사회와 격리되어 있지 않고 항상 시민들과 함께 생활하면서 군대 생활을 할 수 있다는 데 크게 높은 점수를 주었다. 이것이 아들의 의경 지원 권유의 결정적 요인이 된 것 같다. 솔직히 이때까지만 해도 의경은 시험 치고 스스로 입대한 병력인 만큼 데모대를 막는 일에 투입되리라고는 상상도 하지 않았다. 일선에는 훈련소에서 강제로 차출되어 훈련받은 전투경찰이 투입

되는 걸로 알고 있었다. 의경들은 순찰과 교통 단속 등에만 투입되는 줄 알았는데 내가 정반대로 알고 있었다. 의경의 주된 임무가 데모대 진압인 줄 몰랐다. 모든 의경 부모들이 진작에 알고 있었더라면 아마 지원자는 크게 줄었을지도 모른다.

이후에 사회적인 여론 때문에 의경 제도가 폐지되었다. 최근에 강력 사건이 빈번히 일어나는 데 비해 경찰 인력이 부족하다고 한다. 그래서 의무경찰 제도를 부활시켜야 한다는 의견도 있는 것으로 안다. 어쨌든 국민생활과 안전에 보탬이 되는 방향으로 결론 나기를 바란다.

쉬운 군대는 없다

2005년 10월 12일 가을 햇살은 따가운데도 우리 식구들의 마음속은 왠지 모를 무거움을 느꼈다. 아들이 논산훈련소에 입소하는 날이다. 이제 입대하면 2년간 군대 생활을 해야 한다고 생각해서인지 가족 중 누구 하나 선뜻 웃음을 보이는 사람이 없다. 온 식구가 아들의 입대를 배웅하기 위해서 회사에는 휴가계를 제출하고 논산으로 갔다. 아들은 벌써부터 머리를 빡빡 깎고 있어 너무 우울해 보였다.

점심쯤에 논산훈련소 근처에 도착했다. 37년 전에 입소했던 바로 그 모습 그대로 변한 게 별로 없었다. 변한 게 있다면 그때 훈련받던 나와 같은 동지들은 이제는 반백이 되었고 그들도 자식들 입영을 배웅하러 또 이곳에 왔을 것이다. 점심으로 근처 식당에서 불고기 백반을 시켜서 먹었다. 다른 식구들은 아침 일찍 오다 보니 아침을 제대로 못 먹어 잘도 먹었다. 입소를 코앞에 둔 아들은 그렇게 좋던 식성이 갑자기 사라지고 밥맛이 없다면서 먹는 게 신통찮다. 당연한 일이겠지? 몇 시간이 지나면 자유가 없는 저 담장 안 훈련소라는 울타리 속에 갇혀야 한다.

입소식이 시작되고 부모에 대한 인사를 마지막으로 훈련소 담장 안으로 사라지는 아들의 모습이 눈에 선하다. 발길이 차마 떨어지지를 않았다. 훈련소 내에 있는 법당으로 가서 부처님께 내 아들 훈련 무사히 마치게 해 달라고 기도하고 훈련병 초코파이값으로 30,000원을 시주함에 넣었다. 조금은 마음이 편해졌다.

2005년 11월 12일 드디어 논산훈련소를 무사히 마치고 수안보에 있는 중앙경찰학교로 갔다고 편지가 왔다. 매일같이 중앙경찰학교 홈페이지를 방문해서 그날그날의 소식을 찾았다. 일주일 후 11월 20일, 드디어 입대 5주 만에 가족과의 면회가 경찰학교에서 이루어졌다. 이때까지만 해도 의경에 보내기를 잘했다고 생각했다. 왜냐하면 중앙경찰학교에서 배우는 교과목 자체가 사회에 필요한 민생과 치안유지에 관련된 내용이 많았다. 제대 후 사회생활에 매우 유익하게 적용할 수 있을 것 같기도 했기 때문이다. 경찰학교를 무사히 마치고 서울 모 경찰서 방범순찰대로 배치를 받았다. 연고지 위주로 배치한다기에 안양이나 과천쯤으로 생각했는데 이번 기에는 경기도 결원이 없어서 서울로 배치를 했다고 한다. 일단은 한숨은 돌렸다. 우선 집에서 전철로 1시간 거리 정도에 있으니 마음이 조금 놓였다.

2005년 12월 4일 근무지 경찰서로 면회를 갔다. 그 자리에서 중대장님도 나오셨다. 너무 걱정하지 말라고 위로를 해 주셨다. 일주일쯤 뒤에는 담당 소대장님한테서도 안부 전화가 왔고 중대장님은 한 달에 한 번 정도 부대원들의 안부를 연락도 해 주신다. 이제는 정기 휴가도 나왔다. 후임병도 와서 제법 고참이 되었다. 그래도 계속되는 시위 현장에의 동원 때문에 많이 힘들어 하는 아들의 모습을 보면 정말로 안타까운 심정 이루 말로 할 수 없다. 차라리 내가 대신 가서 근무해 주고 싶은 마음이었다. 그래서 의경들의 어려움을 주제로 한 의경 부모 글쓰기대회에 참가하여 입상도 했다. 모 일간신문에 보도도 되었다. 전국 경찰서 경비과장회의에서 발표도 했다. 정말로 쉬운 군대는 없다.

거짓말의 합리화

우리나라 속담에 "천 길 물속은 알아도 한 길 사람 속은 모른다."는 말이 있다. "거짓말은 눈사람 같아서 오래 굴리면 그만큼 더 커진다."는 말도 있다. 고등학교 졸업 당시(1967년) 꿈은 판검사나 변호사가 되는 것이었다. 꿈을 이루기 위해 지방 K국립대학 법대에 시험을 쳤지만 떨어졌다. 집에서 재수를 하던 중 운 좋게(?) 모교인 초등학교에 교사가 부족하여 임시교사로 채용되었다. 근무한 지 6개월 즈음에 M초급대를 졸업한 여선생님에게 밀려서 그만두게 되었다. 이때부터 학력에 대한 콤플렉스가 생겼다.

이듬해 비교적 등록금 부담이 적은 Y대 병설 초급대학 상과에 입학했다. 여학생들과 미팅 자리에서는 Y대 상대에 다닌다고 거짓 소개를 했다. 그렇게 여자 친구를 만났고 2년 후(1970년) 3월 졸업, 같은 해 6월에 육군에 입대했다. 그녀에겐 3학년 휴학하고 군에 간다고 둘러댔다. 입대 후 처음 몇 달은 편지를 주고받았다. 갑자기 연락이 끊겼다. 제대 후에야 대학 재학 중에 결혼했다는 사실을 알았다.

군대 입대 시 병적카드 학력 칸에 Y대 상대 휴학생이라 기재했다. 고향 면사무소에서 병사 담당 공무원으로 근무하던 고등학교 선배는 몹시 부러워했다. 부풀린 학력 덕분(?)에 고학력으로 분류되어 꿈에서도 원한 바 없던 하사관 후보생으로 강제 차출되었다. 9개월간 지옥 같은 훈련을 받고 하사로 임관, S군단 통신대대로 배치되었다. 또 한 번 끔찍한 악연을 만났다. 내가 배속된 소대에 초급대학 동기가 일등병으로 복무 중이었다. 다행인지 우연인지 그도 Y대 상대 휴학생으로 행세하고 있었다. 우리는 제대할 때까지 서로의 비밀을 지켜 주기로 했고 약속은 지켜졌다.

다른 사람을 속일 수는 있지만 자신을 속인다는 것이 정말 괴롭고 힘들었다. 이미 엎질러진 물, 어떻게 할 방법이 없었다. 제대 후 지방 공무원 시험에 합격해서 고향 면사무소로 발령받았다. 공교롭게도 군 입대할 당시 병역 업무를 담당했던 선배와 함께 근무하게 되었다. 부풀린 학력이 자연스레 들통이 났지만 모르는 척 눈감아 준 선배 앞에서는 항상 죄를 진 기분으로 지냈다.

아내와 맞선 볼 때도 초급대학 졸업이라고 떳떳하게 말 못 하고 그냥 대졸이라고만 했다. 약혼 기간 중 직장을 옮겨 보기로 했다. 초급대학 학력으로 기재된 입사지원서를 약혼자였던 아내에게 접수를 부탁했다. 진짜 학력을 알았을 텐데 별 말이 없었다. 예쁘게 봐 준 걸까? 운 좋게도 신의 직장이라는 공기업에 합격했다. 새로운 직장이 있는 평택에서 신혼살림을 차렸다. 우연인지는 몰라도 새 직장에는 Y대 출신 직원들이 의외로 많았다. Y대 모임도 있었지만 거의가 4년제 학부 졸업자들이라 알량한 자존심 때문에 참석하지 않았다. 언제까지 학력 때문에 양심에 빚을 지고 살아야 할지 부담스러웠다.

고민 끝에 4년제 대학에 편입하기로 했다. 수도권에 있는 모든 대학교를 알아보았지만 쉽지 않았다. 때마침 한국방송통신대학교에 5년제 학부 과정이 신설되었고 3학년으로 편입(1983년)할 수 있었다. 1985년 1기로 졸업, 꿈에도 그리던 학사 학위를 취득했다. 부풀렸던 학력을 만회하는데 15년이 걸렸다. 2006년 3월, 57세의 늦은 나이에 서울 C대학교 경영대학원에 입학, 석사 학위도 받았다. 지방에 있는 G국립대학교 박사 과정에도 도전했다. 아쉽게 탈락은 했지만 박사 과정에도 떳떳하게 도전할 수 있다는 사실 자체만으로도 만족했다. 이제는 더 이상 거짓말 눈사람을 굴리지 않아도 된다고 생각하니 기분이 좋다. 거짓말이 진짜로 합리화되는 순간이 왔다.

연습 사랑

어린 시절 집안에 여자라고는 할머니와 엄마뿐이었을 때 숙모가 생겼다. 난생처음으로 낯선 이방인 같은 여자가 가족이 되었다는 사실이 믿기지 않았고 신기하기까지 했다. 한집에 살지는 않았지만 집안에 행사가 있을 때면 삼촌과 함께 우리 집에 왔다. 얼마간은 어색했지만 사촌 동생들이 나면서부터 가까워졌고 편해지기 시작했다.

초등학교를 졸업하고 중학교 입학을 준비하고 있을 때였다. 아침에 어떤 남자 어린이가 내게 전해 주라고 했다면서 엄마가 예쁘게 접은 편지 한 장을 주셨다. 이웃 마을 사는 6학년 때 한 반에 다녔던 여자 친구 편지였다. 오래된 일이라 내용은 잘 기억이 나지 않지만 좋아한다는 말과 자기는 중학교에 못 가지만 너는 중학교에서 공부 잘해서 좋은 고등학교에 진학하라고 했던 것으로 기억한다. 그때는 너무 어려서 아무런 감정도 없었다. 그 후 40년 정도 지난 어느 날 초등학교 동창 모임에서 난데없이 그 여자 친구가 이런 얘기를 꺼냈다. 깜짝 놀랐다.

나는 몹시 당황했고 친구들은 재미있다는 듯이 소리 질렀다. 그 친구는 나보다 두 살 위였고 6학년 때 담임선생님 형님의 딸이었다. 공부도 잘하고 용모 단정했던 친구다. 당시에 나는 오로지 중학교에 가야 한다는 생각밖에는 없었다. 하지만 집안 형편이 어려워 중학교를 갈 형편이 못 되었다. 그래서 입학금과 등록금 부담이 적은 공립 고등학교 병설 중학교에 지원을 했다. 다행히 입학금과 등록금의 절반을 장학금으로 지급받아 무사히 중학교에 진학을 했다. 고등학교 졸업 후 대학교, 군대, 직장으로 바쁘게 지내다 보니 까맣게 잊고 있었던 일이다. 그 친구에게 많이 미안했다. 거의 50대에 다시 만나서 사랑의 편지 얘기를 듣다니 놀랍다.

아버지는 시골에서 약방을 경영하고 계셨다. 규모는 크지 않았지만 약방에서 나오는 수입으로 4남매가 학교 다니고 가족들 생활비도 했다. 시골 농촌이지만 농사는 단 한 평도 짓지 않고 오로지 약방 수입에 의지했다. 그렇게 넉넉한 생활은 아니었다. 그래서 고등학교는 인문계로 진학을 못 하고 농업고등학교로 진학을 했다. 농업계 고등학교는 50%가 실습 시간으로 편성되어 있었다. 대학교 진학생을 위한 진학반을 별도로 편성해 운영했다. 실업계 고등학교는 공부보다는 실습이 많았다.

고등학교 2학년 때는 집 근처 미장원에 미용사로 일했던 고모 친구를 좋아했다. 나보다 두 살 위였던 고모와 동갑내기였다. 내 인생 처음 여자로서 너무너무 좋아했다. 함께 사진도 찍고 누나가 주말에 집에 갈 때 자전거에 태워서 집까지 데려다주기도 했다. 평소에는 미장원에 딸려 있는 방에서 생활했다. 하루도 못 보면 거의 잠을 못 잘 정도로 좋아했다. 학교에 갔다 오면 가장 먼저 누나가 일하고 있는 미장원에 달려갔다. 밤이면 불이 켜있는지부터 먼저 살펴보았다.

저녁을 먹고 누나의 미장원이 끝날 시간이 되면 살짝 문을 열고 들어간다. 누나는 항상 나를 반갑게 맞이해 줬다. 친동생처럼, 친구처럼, 애인처럼 내 마음을 쥐락펴락했다. 미장원 주인은 내가 졸업한 초등학교의 선생님을 하셨던 분이라 부모님과도 잘 아시는 사이였다. 그분은 나와 누나 사이에 혹 불미스런 일이 생길까 항상 염려를 해 주셨다.

결정적으로 누나와 한방에서 자는 일이 생겼다. 한동네 사는 고모가 집을 비우게 되어 미용사 누나보고 집을 좀 봐달라고 부탁했다. 나는 평소처럼 고모가 계시는 줄 알고 아무 생각 없이 친구를 데리고 고모 집에 갔다. 밤이 깊어서 친구는 집에 돌아가고 누나랑 둘만 남게 되었다. 지금 생각해도 희한한 일이다. 나는 누나와 손만 잡고 뽀뽀도 안 하고 나란히 누워서 친 남매처럼 아무 일없이 하룻밤을 보냈다. 그때만 해도 나는 성 경험이 없었다.

남녀가 어떻게 성관계를 하는지 그림으로만 보았지 실제는 경험이 없었다. 성관계를 할 줄도 몰랐고 솔직히 잘할 자신도 없었다. 두려웠다. 누나는 성관계를 못 하게 막지는 않았지만 성관계를 하도록 적극적으로 유혹하지도 않았다. 또 다른 한편에는 성관계를 하면 꼭 결혼을 해야 된다는 생각이 성관계를 못 하게 만든 압박으로 작용도 했다. 한창 나이에 섹스를 참을 수 있었던 또 한 가지 이유는 자위로 성적 욕구를 충족할 수 있었기 때문이기도 했다.

이튿날 아침에 우리는 아무런 일 없이 떳떳하게 일어났다. 아침밥을 지어서 함께 먹고 자전거를 타고 누나를 집까지 데려다주었다. 결정적으로 누나를 싫어하게 된 사건이 생겼다. 학교에서 돌아와 여느 때처럼 미장원 앞에서 기웃거리고 있을 때 미장원 문을 열고 나오는 같은 학교 선배를 보았다. 그는 공부도 엄청 못하고 말썽만 피우는 학생으로 소문이 났었다. 그런 선배와 알고 지내는 누나가 갑자기 싫어졌다. 선배와 함께 누나를 좋아한다는 게 싫었다. 누나를 단념했다.

고등학교 시절, 여름방학이라 아버지가 잠깐 약방을 비운 사이에 약방을 지키고 있었다. 그때 약방 앞에 서울 번호를 단 조그만 차가 멈췄다. 지금은 큰 제약회사로 성장한 삼○제약회사 차였다. 설립된 지 얼마 되지 않아 시골 약방에까지 제품을 홍보하러 왔다고 했다. 새로 개발한 두통약 전문 제약회사다. 지금은 국내 굴지의 제약회사가 되었다. 우리 집은 소매 약방이라 주로 가까운 읍내에 있는 약국에서 약을 구입했다. 내가 학교에 갔다 오면서 약 몇 가지씩 사 오기 때문에 대량 구매는 할 형편이 아니었다.

그런데 고맙게도 이 회사는 직접 도매가격으로 두통약을 공급해 주겠다고 했다. 필요하면 직접 제약회사로 주문하면 우편으로 보내든지 아니면 직접 가지고 오겠다고 했다. 제약회사에서 직접 구입하면 마진이 훨씬 높기 때문에 우리에게는 너무 좋은 기회다. 당장에 그렇게 하기로 했다. 그때부터 제약회사로 직접 구입하는 1호가 탄생한 것이다. 시골에서는 두통약과 소화제가 많이 팔렸다. 내친김에 소화제도 제약회사와 직접 거래해 보기로 하고 돼지 그림이 상표인 제약회사 사장님 앞으로 편지를 썼다.

친절하게도 사장님께서는 답장을 보내 주셨다. 시골 약

방까지 개별적으로 거래할 수 없으니 이해해 달라고 하셨다. 또 사장님 비서실에 근무하는 여직원이라고 소개한 여학생도 내게 편지를 했다. 그녀는 동○여상 야간부에 다니면서 회사 비서실에 근무하고 있었다. 내 편지를 보고 내가 너무 성실해 보인다며 자기도 고3인데 서로 알고 지내면 어떻겠느냐고 먼저 물어왔다. 무조건 오케이 했다. 우리는 펜팔로 사귀는 관계가 되었다. 서로 어느 대학을 갈 것인지 묻기도 하고 열심히 공부해서 원하는 대학에 가자고 격려도 했다. 나에게는 애인이 생긴 셈이다. 우리는 열심히 공부했다. 매주 편지를 주고받았다.

3학년 마지막 겨울방학이 시작되었다. 대학 시험이 얼마 남지 않아 편지 왕래도 뜸해졌다. 그러던 어느 날 그녀로부터 편지 한 통이 날아왔다. 70년대에는 졸업 기념 앙케트를 작성하는 것이 성행하였다. 자기에 대한 앙케트 작성을 요구했다. 나는 그녀를 사진으로만 보았고 직접 만나지는 못한 상태에서 앙케트 문항을 작성했다. 물음 중에 "나에 대한 첫 인상은?"이라는 항목이 있었다. 아무 생각 없이 당시 잘나가던 트로트의 여왕 인기 여가수를 닮았다고 썼다. 그후로 답장도 없고 서로의 연락이 끊어졌다. 내가 뭘 잘못했는지 궁금했다.

대학교에 진학은 했지만 넉넉하지 못한 가정 형편 때문에 외가에 얹혀서 살았다. 오후에는 초등학생들 5명을 과외를 했다. 마침 과외 하는 집에 연탄 광으로 쓰는 골방이 하나 있었다. 딱 한 사람 누울 정도 크기의 창고다. 외갓집도 세를 살았다. 방 한 칸에 외할아버지, 외할머니, 외삼촌, 나 그리고 고등학교 다니는 내 동생까지 모두 다섯 명이 살았다. 골방이면 어떻고 창고면 어떠랴? 내 방이 생긴다는 기쁨에 감지덕지 연탄 광에서 잠을 자며 지내게 되었다.

주인집 건넌방에는 공장에 다니는 예쁜 아가씨가 세를 살고 있었다. 주인아주머니는 건넌방 처녀가 나가면 나에게 방을 주겠노라고 했다. 나는 내심 아가씨가 나가는 걸 원치 않았다. 가끔씩 얼굴이 마주치면 "선생님 안녕하세요?"라고 먼저 말을 걸어 준다. 나는 숙맥처럼 "네." 한마디로 끝낸다. 돈을 벌면서 혼자서 씩씩하게 잘 살아가는 아가씨가 무척 예쁘고 대견해 보였다. 주인집 아주머니는 나와 그 처녀를 대하는 태도가 천지차이였다. 나에게는 깍듯하게 선생님 대접하고 그 아가씨에게는 완전히 주인 행세를 했다. 그런 아주머니의 행동이 속으로는 불만스러웠다.

그 아가씨가 방을 나가기 전에 내가 방을 구해서 동생과 독립을 했다. 우리 과에는 여학생이 5명이 있었다. 그중에 한 명은 엄청 예뻤다. 공부는 별로 못했다. 우연히 학교 갔다 오는 길에 그녀가 우리 집 근처에 있는 집으로 들어가는 걸 목격했다. 가슴이 두근두근했지만 2년 동안 학교에 다니면서 말 한마디 건네지 못하고 졸업했다. 대신 다른 여학생에게 여름방학에 편지를 했다. 인물은 좀 못했지만 마음씨가 고왔다. 편지 답장을 보내 왔다. 사실 나는 그녀에게 관심이 있었다. 그녀의 아버지께서 철도 공무원이었던 것으로 기억이 된다.

방학이 끝나고 만났지만 용기 없는 나는 더 이상의 진도를 나가지 못했다. 내가 4년제 대학생이 아니고 2년제 초급대학생이라는 데 자존심이 상했다. 내가 더 이상 말을 붙이면 그녀가 받아 줄 것 같지가 않았다. 나는 결국 그녀를 포기했다. 대신 펜팔로 한 여학생과 편지를 주고받다가 한 번 만나자고 프러포즈를 했다. 약속한 날 약속 장소에 갔으나 그녀는 끝내 나타나지 않았다. 차라리 만나자고 하지 말걸 후회했다.

군대 생활을 6군단 통신대대 2중대(덕정리)에서 하사로 근무했다. 주말에 외박이나 외출을 나가면 마땅히 갈 곳이 없다. 한번은 선배 하사와 동두천으로 외박을 나갔다. 군대 있을 때는 누구나 객기를 부리기 마련이다. 우리도 모처럼 나온 외박이라 아가씨들이 있는 골목을 찾았다. 선배가 오랜만에 회포나 풀자면서 숏 타임으로 아가씨 방에 들어갔다. 나는 옷은 벗었지만 도저히 섹스를 할 엄두가 나지 않았다. 그냥 시간만 보내고 있는데 밖에서 나오라고 문을 두드렸다. 얼른 옷을 추스르고 나왔다. 선배는 내가 진짜로 섹스를 한 줄 알고 성병을 예방한다면서 약국에 가서 항생제를 사 와 함께 먹었다. 필요는 없었지만 그냥 받아먹었다.

오는 길에 헌병에게 잡혔다. 우리가 간 곳이 한국군 출입금지구역이었다. 우리는 출입위반확인서에 사인을 해줬다. 일주일 후 인사계 상사님이 불러서 가니 위반통지서가 와 있었다. 나는 그런 사실이 없었다고 오리발을 내밀었다. 대신 나와 이름이 비슷한 상병이 재수 없이 걸려들어서 호되게 기압을 받았다. 이제는 다시는 그런 곳에 가지 않기로 다짐했다. 그래서 다음 외박, 외출부터 의정부에 있는 고모 집으로 갔다.

고모는 신혼으로 아이가 없었다. 고모부도 야간 근무가 많아서 집에는 고모 혼자 계실 때가 많았다. 주말을 보내기에는 안성맞춤이었다. 고모 집 옆에는 옷 만드는 공장에 다니면서 자취를 하는 아가씨들이 많았다. 우연히 그중 한 아가씨와 편지를 주고받는 기회가 생겼다. 군대에서는 외부의 편지가 얼마나 그리운지 모른다. 특히 젊은 아가씨가 보내 주는 편지는 가뭄의 청량음료나 마찬가지다.

마침 군에 입대하기 전부터 사귀어 왔던 첫사랑으로부터 편지가 끊어진 다음이라 더할 나위 없이 좋았다. 그런데 고모가 이 사실을 알았다. 고모는 내가 무슨 대단한 인물이나 되는 것처럼 상대 아가씨에게 "네가 감히 어떻게 내 조카와 편지를 주고받을 수 있느냐?"면서 당장에 관계를 끊으라고 했단다. 어처구니가 없었지만 고모는 내가 혹시 군 생활을 제대로 안 할까 걱정해서 그럴 것이라 생각하고 그녀를 만나지 않기로 했다. 성실하고 착한 친구였다. 지금 생각해 보면 그녀가 공장에 다닌다는 사실이 고모 마음에는 불만이었나 보다. 그때는 공장에 다니는 아가씨들을 공순이라고 무시했던 경향이 있었다. 사실 나도 자랑할 만한 뭣도 없는데…. 나의 연습 사랑은 결혼으로 막을 내렸다.

아내의 금 목걸이 사건

사람이 살다 보면 아무리 좋아도 싸울 때가 있는 법이다. 나는 지금 기준으로서는 좀 이른 나이인 27세에 결혼을 하고 직장에 입사도 했다. 주위의 여직원들이 처음엔 나를 총각인 줄 알고 살갑게 대해 주다가도 내가 결혼한 걸 알고는 별로 관심을 주지를 않았다. 나는 조금은 서운했지만 아내가 있으니 당연하다고 생각했다. 아내는 나에게 모든 걸 잘해 주었다. 그런 어느 날 저녁 뉴스에서 자정을 기해서 담뱃값이 인상된다는 보도가 나왔다. 당시에는 담배를 피우고 있었다. (지금은 담배를 끊은 지 20년이 지났지만.) 아내는 한 푼이라도 아껴 보겠노라고 집에서 약 1킬로미터나 떨어진 산길 너머에 있는 담배 가게까지 갔다.

이웃집 아주머니와 같이 가서 담배 1보루(10갑, 한 사람에게 1보루이상 팔지 않았음)를 사 왔다. 그것도 결혼한 지 2달도 채 안 된 새댁이 한 푼이라도 아끼고자 담배를 사 온 건 잘한 일이나 집에 오더니 결혼 패물로 해 준 금목걸이가 없어졌다는 것이다. 아마 밤중에 담배를 사기 위해서 산길

을 급하게 가다 보니 목에 걸고 갔던 금 목걸이가 빠지는 줄
도 몰랐나 보다 생각하니 아내가 원망스러웠다.

이즈음 나는 건강염려증에 걸려서 병원을 우리 집 다니
듯 하고 있었다. 병원 가면 딱히 아픈 곳도 없는데 약을 달
고 살 만큼 지나치게 건강에 집착하고 있었다. 아내가 조금
만 잘못해도 성질을 부리곤 했다. 이날도 마찬가지로 아내
를 나무라기 시작했다. 조그만 이익(인상 차액)에 눈이 어
두워 큰 손해(금 목걸이 10돈)를 보게 되었다고 아내를 심
하게 나무랐다. 아내는 울었다. 자기가 피울 담배도 아닌데
순전히 나를 위해서 살림에 한 푼이라도 보탬이 될까 해서
했던 걸 모두 자기만 잘못했다고 원망을 했으니 많이 속상
했을 것이다.

그것도 신혼 초에 믿을 곳이라곤 남편밖에 없는데 남편
인 내가 그렇게 했으니 말이다. 나대로 속이 상해서 담배를
한 대 피워 물었다. 한참이 지나도 아내의 인기척이 나질
않아 밖으로 찾아 나섰다. 아내가 보이질 않았다. 결혼 후
처음 하는 부부싸움이라 아내의 속마음을 알 수도 없고 객
지에 둘만 나와 사는 처지로 근처에는 아내가 갈 만한 곳도
없는 터라 내심 걱정이 되었다. 내가 너무 경솔하게 아내를
나무랐다는 생각이 들었다. 철이 안 든 탓이기도 하지만 아

내가 너무 살림을 잘하려고 새댁답지 않게 이웃과도 잘 지내고 하다 보니 오늘 같은 일이 일어난 것이라고 생각했다.

이웃 아주머니가 자기 남편이 피울 담배를 사러 가는 길에 따라 나선 것이 화근이 된 것이다. 집 주위를 샅샅이 뒤져 보았다. 그러나 아내는 보이질 않았다. 진짜로 걱정이 되어서 집으로 오는데 젖혀진 대문 뒤에 누군가 웅크리고 앉아 있었다. 아내였다. 순간, 너무나 반가워 눈물이 핑 돌았다. 지금도 멀리서 아내의 뒷모습을 보고 있노라면 가슴이 쿵쾅거리면서 코끝이 찡해진다. 죽었던 사람이 살아온 것만큼이나 반가웠다. 아내를 꼭 껴안았다. 자기야, 정말 미안해. 내가 너무 경솔했지? 모두 당신이 나를 위해서 한 일인데 정말 미안해. 나는 마음속으로 아내가 사랑스러웠다.

옛날 말에 "비 온 후에 땅이 더 단단해진다."고 "부부싸움은 칼로 물 베기."라고 했다. 그날 저녁 우리는 새롭게 첫날밤을 맞이할 수 있었다. 그렇게 한바탕 소동이 일어나고 이제 목걸이는 포기하고 앞으로 더 좋은 걸 해 주마고 하여 간신히 마음을 추슬러 잠자리에 들었다. 신혼이다 보니 몸과 마음이 급했다. 아내가 이불 속으로 들어오기를 기다리고 있는데 아내의 기쁜 목소리가 들린다. "자기야! 목걸이 찾았다." 잠자려고 옷을 벗는데 브래지어 속 양쪽 가슴 사이

목걸이가 흘려져 있었단다. 아내의 가슴이 좀 큰 편이기는 하지만 거기에 있을 거라고 생각도 못 했다. 빨리 화해하기를 잘했다는 생각이 들었다.

그 문제로 계속 옹졸하게 삐쳐 있었다면 얼마나 무안할 뻔했나? 나 자신이 자랑스러웠다. 부부 싸움은 하되 오래 끌면 안 된다. 누구든 한쪽에서 빨리 사과를 하고 풀어야 한다. 그러면 더더욱 새로운 사랑이 싹 트는 게 부부싸움인 것 같다. 우리 부부는 성격이 정말로 잘 맞는 부부다. 내가 화를 내면 아내가 져 준다. 아내가 화를 내면 내가 져 준다. 우리 부부는 누군가 끝까지 이겨 보겠다고 하질 않는다. 누군가 먼저 화해를 걸어오면 못 이기는 척 받아 주는 것이 신혼 초부터 지금까지 이어져 왔다. 이런 걸 속궁합이 좋다고 하는가 보다.

적당한 부부싸움은 사랑을 유지하는 좋은 자극제가 된다. 우리 부부는 누구처럼 많이 배운 부부도 아니요 뼈대 있는 집안의 자손도 아니다. 그저 평범한 가정에서 나서 자라고 남보다 더 잘나지도 않고 그렇다고 아주 못나지도 않았다. 그러나 부부생활 하나만큼은 일류로 한다. 부부싸움이 없다는 것은 서로에게 관심이 부족하다는 것일 게다. 나이가 들수록 상대방을 의식하고 서로의 존재감을 느끼면서 살아간다면 더 오래 더 깊은 사랑의 감정을 유지할 수 있다. 적당한 부부싸움은 생활의 활력소다. 그러나 부부싸움의 끝을 오래 두지 말고 화해를 해야 한다. 그래야 또 싸울 수 있다. 올해가 50주년이다. 정년을 하고 개인 사업을 하면서 아침에 출근할 때 양말을 신겨 달라고 하면 아내는 양말을 신겨 준다. 나는 팁으로 만 원을 준다. 도시락에는 검은콩 하트가 수놓아 있다. 그렇게 우리 부부의 금 목걸이 사랑은 현재 진행형이다.

역지사지(易地思之)

　내가 차장으로 승진해서 기획실에서 근무하던 때 일이다. 자기 아버지가 사장과 친구라는 인연으로 임시계약직 촉탁으로 임용되어 우리 과로 온 직원이 있었다. 입사 3년 차쯤에 내부 기용이라는 채용 시험을 거쳐서 대졸 정규직 5급 사원으로 채용되었다. 통상 임시 직원에서 정규 직원이 되면 다른 부서로 전출을 가는 것이 인사 원칙이었다. 당시 연말 예산 편성이 바쁘다는 이유로 부사장님께 말씀을 드려서 우리 과에 그대로 두었다. 어쩌면 예산 차장으로서의 꽁밥이었다. 어찌 되었던 그 친구의 정규직 입사 환영회를 하는 자리에서 그가 한 말은 나는 처음 듣는 '역지사지'라는 말이었다.

　내용인즉슨 자기가 기획실에 임시 계약직 촉탁으로 있으면서 정규직과의 차별적인 처우에 대한 불만 토로 같은 것이었다. 당시 임시 직원은 정규 직원과 많은 차이가 있었다. 이를테면 상여금은 정규직 연 500%, 임시직 연 300%, 복지비, 자녀 학자 보조금 등 차별적인 요소가 많았다. 그뿐만 아니라 임시 직원은 영원히 임시 직원일 뿐 승진이나 전보도 없다. 오직 입사할 때 그 자리에서 같은 업무만 할 뿐이었다. 그러다 보니 임시 직원인 당사자들은 쌓인 불만이 많았다. 그래서 그는 우리들에게 역지사지(어떤 일을 상대방의 편에서 생각하는 것)로 임시 직원의 고충을 생각해 보라는 충고를 한 것이다. 정말로 의미 있고 좋은 말이었다. 매사를 상대방의 입장에서 생각하고 처리한다면 이보다도 더 좋을 수가 없다. 상대방이 어려우면 어려운 사정을 감안해 주고 또 상대방이 기분 좋아하면 함께 기뻐하고 상대방의 입장이 되어서 생각하자는 그의 말이 지금도 내 귓가에 생생하게 남아 있다. 그가 임시 직원 시절에 우리 정규직들이 노는 꼴이 얼마나 볼썽사나웠을까. 정규직이 되는 날 우리 모두에게 한 방 날린 격이 되었다.

우리는 속으로 엄청 반성했다. 이 나이가 되도록 역지사지라는 용어가 있다는 것조차도 몰랐다는 사실에 정말 나의 무식함을 인정하지 않을 수 없었다. 우리가 평소에 한 행동들이 그 후배의 눈에는 어떻게 비쳤을까? 생각하니 부끄럽기까지 했다. 이 일이 있은 후 나는 역지사지라는 말을 자주 들었고 자주 사용했다. 어렵고 곤란한 일에 부딪치면 상대방은 이 일을 어떻게 생각할까? 내가 이렇게 하면 상대

방은 또 어떻게 반응할 것인가를 항상 생각하게 되는 습관
이 생겼다. 반대로 상대방이 나에게 부탁을 해 올 때 얼마
나 힘들게 나를 찾아왔을까? 그래서 상대방을 편하게 해 주
자. 그가 얻고자 하는 목적을 달성할 수 있도록 신경을 써
주자는 것이 생활신조처럼 되었다.

맡은 일이 회사 전체의 예산을 편성하고 집행하는 일이
고 보니 각 부서에서는 우리 부서에, 아쉬운 부탁을 할 일이
많이 생긴다. 예산을 좀 더 올려달라는 부탁, 아니면 예산
과목의 신설, 신사업 반영, 특히 여비 교통비 예산의 추가
요구 등 실제로 부서 살림과 연결되는 중요한 일들이 많았
다. 나는 가능하면 그들의 요구를 수용해서 100%가 아니더
라도 80% 이상 해결해 주는 방향으로 일을 추진해 나갔다.
어쩌면 우리들의 모든 사회생활에서 아니 가정에서도 역지
사지를 생각하고 생활한다면 안 될 일도 없고 싸울 일도 없
다. 상대편에 서서 생각하면 항상 웃고 즐겁게 지낼 수 있
을 것 같다.

예를 들면 승진에서 다른 직원들보다 내가 차별 대우를
받고 있다는 생각을 했었다면 지금은 상대방인 사장이나
임원들의 입장이 되어서 생각한다. 그들도 나름대로 고충
이 있었을 것이다. 누구는 학교 후배요, 누구는 고향 후배

요, 누구는 힘센 사람이 부탁하고, 누구는 평소에 자기에게 잘하고, 우리 집 애경사에 솔선수범하고 경조금 등등 챙길 사람이 많았을 것이다. 이 조건에 해당되는 사항이 하나도 없었을 뿐 아니라 돈을 싸 들고 다닌 것도 아니고 그렇다고 회사 경영에 획기적인 공헌을 한 것도 없고 학벌도 없고, 비비는 재주도 없는 나보다는 그대들이 더 가까울 수 있다는 생각을 했다. 그저 평범하고 성실하기만 한 월급쟁이에 불과하다는 걸 깨달은 순간 상대방을 욕할 용기조차도 없어졌다. 그래. 맞아. 나보다 나은 사람은 분명히 뭔가 나보다 나은 게 있기 때문이야. 그리고 내가 그 입장이어도 택하지 않을 거야. 나는 정말로 부족함이 많은 사람이다. 현재 자리도 너무 과분하다. 易地思之(역지사지)라는 말 한마디가 나를 겸손하게 만들었다.

겉 다르고 속 다른 사람

지방 근무 시 대중탕에서 얻은 교훈이다. 조그만 시골 읍 소재지로 회사가 제공하는 아파트에서 생활하던 때 일 이다. 일주일에 한 번, 어쩌다 2주일에 한 번 집에 갔다. 주중에 공휴일이어서 하루를 편하게 쉬고 싶어 근처 대중목욕탕에 갔다. 내가 가끔 이용하는 아주 오래된 동네 목욕탕이다. 손님이 별로 많지 않아 시간만 잘 선택하면 독탕처럼 혼자도 목욕을 즐길 수 있다. 이날도 그렇게 되기를 은근히 바라며 탈의실에서 목욕 준비를 끝내고 탕 안쪽을 보니 목욕하는 사람이 없었다. 마음속으로 오랜만에 독탕처럼 느긋하게 즐겨 보자고 안으로 들어가 가볍게 샤워를 하고 탕에 몸을 담갔다. 뜨끈한 물에 몸을 담그고, 눈을 지그시 감고 가볍게 콧노래까지 부르면서 목욕을 즐기고 있었다.

행복한 순간도 잠시였다. 비몽사몽간에 어렴풋이 실눈을 뜨고 있는데 사우나에서 땀 빼기를 하고 나오는 한 사람의 모습이 보였다. 희미하게 보이는데도 예사로운 모습이 아니다. 가까이 와서 탕 안으로 들어왔다. 아뿔싸, 온몸에 문신이 장난이 아니었다. 용이 하늘을 나르고 발목부터 허벅지까지 호랑이가 포효를 하고 있었다. 일찍이 본 적이 없던 대단한 사건이었다. 아무튼 눈을 어디에 둘 수가 없을 정도로 전신을 문신으로 도배를 했다. 눈 둘 곳을 찾지 못해 아예 눈을 감아 버렸다. 나는 팔뚝이나 등, 부분적으로 문신을 한 건 가끔 봤어도 전신에 이렇게 문신을 새긴 건 처음 보았다. 그렇다고 내색을 할 수도 안 할 수도 없었다. 물 속에 몸 전체를 담그니 그나마 조금은 나았다. 애써 태연한 척하면서 얼른 탕에서 나와 사우나로 들어갔다.

이를 땐 다른 손님이라도 한 사람 더 들어오면 좋으련만 다른 손님이 들어올 기색은 없고 정적의 시간이 흐르기 시작했다. 나는 더운 것을 잘 못 참기 때문에 사우나에 오래 견디지를 못하지만 최대한 오래 견뎌 보기로 하고 버틸 수 있는 데까지 버텼다. 땀이 비 오듯 하고 얼굴도 벌겋게 달아오르려는 순간 사우나 문을 벌컥 열렸다. 사람이 들어왔다. 움찔하면서 태연한 척 쳐다보니 새로 온 손님이었다. 나는 도저히 더 참을 수가 없어서 밖으로 나왔다.

아직 때도 밀지 않은 상태에서 나가기도 이상해 샤워기 쪽으로 가서 가능하면 눈을 마주치지 않으려고 샤워기의 물을 계속 부어댔다. 어쩜 목욕을 그렇게 오래 하는지 나가지도 않는다. 계속 어슬렁거리면서 탕으로, 샤워기로, 사우나로 왔다 갔다 하고 있다. 나는 적당히 씻고 목욕을 마무리할 생각으로 때 타월로 대충대충 때를 밀기 시작했다. 목욕 시작은 내가 더 늦게 했는데 일찍 나가면 자기를 의식해서 그럴 거라 오해하고 시비를 걸까 걱정했다. 설마 가만히 있는 사람에게 그럴 리는 없겠다고 위로했다.

기분 좋게 목욕하러 왔다가 완전 기분 잡치고 스트레스까지 받았다. 죄진 것도 없는데 왜 이렇게 불안한지? 이럴 줄 알았으면 중·고등학교 때 배우던 유도나 태권도를 유단자가 될 때까지 열심히 운동이라도 해 둘걸. 순간적으로 별별 생각이 다 들었다. 에라 모르겠다. 설마 해코지는 하지 않겠지? 나하고 싶은 대로 하자. 다만 저쪽에서 먼저 말을 걸지 않으면 눈만 마주치지 말자. 이런 상태로 약 30분이 지나 목욕을 마치고 휴게실로 나와서 옷을 입기 시작했다. 머리를 말리고 몸을 닦고 거울 앞에서 귀도 후비고, 선풍기 바람도 쐬면서 최대한 태연한 척 행동했다.

그도 내가 나오자 금방 따라서 나왔다. 팬츠를 입고, 셔츠를 입고 여기까지는 두 사람이 거의 비슷한 속도로 진행되었다. 그의 모습도 점차 일상의 모습으로 돌아오고 있었다. 나는 와이셔츠를 입고 넥타이를 맸다. 그는 남루한 작업복, 그것도 현장에서 일할 때 입는 진한 청색 작업복을 입었다. 바지를 입고 양복 윗도리를 입은 나의 모습과 그의 모습은 목욕탕 내에 있을 때와는 정반대의 입장이 되었다. 그의 몸에 새겨진 용맹스런 호랑이와 하늘을 나는 청룡의 모습은 온데간데없다. 공사판에서 일당 받으며 막노동하는 한 사람의 노동자 본래의 모습으로 돌아왔다.

나는 양복을 다 입고 광나게 닦은 구두를 신고 폼 나게 목욕탕 문을 나섰다. "안녕히 가십시오. 또 오세요." 종업원의 깍듯한 인사를 받으며 기분 좋게 나섰다. 나보다 한 발짝 먼저 나간 아까 그 사람, 작업반장 같은 사람이 "장 씨… 내일은 아침에 좀 빨리 나와. 아침에 할 일이 많아.", "예. 예, 예." 머리를 조아리며 총총히 사라지는 그 사람의 뒷모습을 나는 보이지 않을 때까지 쳐다보았다. 이제부터는 사람을 겉모습만 보고 판단하지 않기로 했다.

꼴불견

　'꼴'이란 '겉으로 보이는 사물의 모양'이라는 의미로 '세모꼴', '사다리꼴' 등으로 모양을 나타낼 때 쓴다. 다른 의미로 '사람의 모양새나 형태를 낮잡아 이르거나 어떤 형편이나 처지를 낮잡아 이르는 말'로도 쓰기도 한다. "누구 죽는 '꼴'을 보고 싶어서 이 야단이냐?" 또는 "나라 망하는 '꼴' 보고 싶지 않아서 이민이나 가야겠다.", "저놈들 노는 꼴 보기도 싫다."라고 하듯이 약간은 비아냥대는 뉘앙스를 포함하기도 한다. 지금 세상 꼴은 어떤가? 전 세계가 코로나19 때문에 경제, 사회, 문화, 교육 등 거의 모든 분야가 올 스톱 되었고 정상적인 것은 거의 없다. 놀이터에서 맘 편히 뛰노는 어린이도 없다. 학교에는 학생도 없고, 회사에는 출근하는 직원도 없다. 집 안에서만 먹고 자고 일하고 노는 일을 모두 해결하고 있기 때문이다.

　이런 생활이 20개월 이상 지속되고 보니 이제는 익숙해졌다. 코로나19에 노출되면 본인은 물론 가족과 이웃 그리고 국가적으로도 많은 피해를 주게 된다. 개인적으로는 생명에 위협을 받게 되고 사회적으로 지탄의 대상이 된다. 싫든 좋든 국가 정책에 따라 살아가는 수밖엔 없다. 많은 국민들은 목숨과 같은 생계 수단마저도 포기하고 하루하루를 악으로 버티면서 살아가고 있다. 이처럼 우리는 엄청난 어려움 속에서도 살아남기 위해 많은 것을 포기하면서 살아가고 있다. 한마디로 사는 꼴이 말이 아니다. 이제 겨우 코로나에서 벗어나서 한숨 돌리는 중이다. 언제 그랬었냐는 듯이 말이다.

이런 와중에도 아직 변하지 않고 싸움질만 하는 무리들도 있다. 정치를 하거나 권력을 가진 자들이다. 그들은 오직 자신과 자기들이 속한 집단의 이익을 위하여 싸우며 자기들만이 옳다고 열을 올린다. 세상이 온통 그들만을 위한 잔치판이 되어 버렸다. 국민들이야 죽든 살든 아랑곳하지 않는다. 이제는 선과 악을 구분할 수조차 없다. 그들은 우리가 낸 세금으로 꼬박꼬박 월급을 챙겨 가고 퇴직해도 평생 연금을 두둑이 받을 수 있으니 굶어 죽을 염려는 없다. 생계비 걱정도 없다. 그들이 가진 부동산값도 천정부지로 올라 벌써 돈방석에 앉았다. 운 좋으면 더 좋은 새 직장으로 갈 수도 있다. 서민들의 어려운 처지를 모르는 건 당연하다. 가난이 뭔지도 모른다.

국민들은 코로나 19 핑계로 저항 한마디 없이 시키는 대로 순순히 따라 주기 때문에 정치하기도 편할 것이다. 이제 코로나는 끝이 났다.

이틈에도 자기들끼리는 누가 뭘 하네 마네 하면서 하루에도 수십 번씩 꼴사나운 코미디를 연출하고 있다. 코미디언 출신으로 국회의원까지 지내고 돌아가신 이주일 씨가 살아생전에 하신 말씀이 있다. 코미디언으로 활동하다가 그 잘난 국회의원이 되어 정치를 해 보니 "정치판은 진짜 코미디보다 더 코미디 판이더라."라고 하는 유명한 말을 남겼다. 현재 우리 주변을 보면 나라 꼴도 웃기고 사회 꼴도 웃기고 사람 꼴도 웃긴다. 한마디로 꼴불견이다.

'꼴불견'이라는 말은 하는 짓이나 겉모습이 차마 볼 수 없을 정도로 우습고 거슬린다는 말이다. TV나 신문, 인터넷을 보면 매일같이 상대편 욕하고 고발하고 쌈박질이다. 법을 안다는 사람들은 법망을 교묘하게 피해 간다. 힘 있는 자들은 그들의 이익을 지키기에만 급급하다. 힘없고 약한 국민들은 개돼지마냥 당하고만 살아야 한다. 눈꼴 시리다. 많은 동물 중 유독 인간에게만 양심이라는 것이 있다고 한다. 그들은 양심도 없다. 오로지 거짓과 오만과 독선과 치부 능력과 옹졸함과 비굴함만이 있다.

어제까지도 함께한 동지를 순식간에 원수로 만든다. 어제의 원수를 필요하면 한순간 주저함도 없이 손잡고 희희낙락하며 함께 승리의 축배를 드는 꼴불견 세상이다. 살아남기 위해 상대방을 죽여야만 하는 것이 냉엄한 현실이기는 하지만 그것도 정도라는 게 있다. 옛 어른들께서는 "꼴같지 않은 게 꼴값 떨고 있다."고 하시는 말씀을 자주 하셨다. 감도 되지 않는 사람들이 지도자라고 설치고 다니면서 국민들 가슴에 염장을 지르는 '꼴값장이'들을 빗대어 하시는 말씀으로 들린다. 참 재미없는 세상이다. 그런데 "하늘이 무너져도 솟아날 구멍이 있다."는 말처럼 우리들 곁에 한 줄기 단비 같은 마음의 안식처가 생겼다.

전국이 열광하고 전 국민이 사랑하게 된 모 방송 트로트 경연 프로그램이 그것이다. 젊고 실력 있는 트로트 가수들이 경연을 벌여 탄생했다. 이름하여 TOP7이다. 그들이 출연하는 방송은 야단법석이다. 밤늦은 시간에 방송하지만 온 국민이 잠도 안 자고 시청한다. 어쩜 우리의 일상이 힘들고 지쳐서 마땅히 마음을 줄 곳이 없던 때에 찾아온 값진 선물인지도 모른다. 잠시 잠깐만이라도 걱정을 잊고 행복해지고 싶은 우리들의 작은 소망이 트로트 사랑으로 나타난 것이 아닌가 싶다. 티 없이 맑고 시원한 목소리로 다정하게, 포근하면서도 때로는 애절하고 화끈하게, 불러 주는 가창력과 동질감이 인기 비결인 것 같다. 착하고 겸손하고 친절하며 예의도 바른 젊은이들이다. 도무지 미운 구석을 찾을 수 없다. 그들에겐 주어진 권력도 없다. 돈이 많지도 않다. 좋은 환경에서 자라거나 좋은 집에 살지도 않는다. 엄청 좋은 교육을 받지도 않았다.

그러나 그들의 순수함과 노력하는 모습은 따르게 하는 힘이 있다. 그들과 전화 한 통화하겠다고 만 번 이상 수화기를 돌렸다는 사람도 많다. 누가 시키지도 않고 전화 요금 한 푼 지원도 해 주지 않지만 오로지 내가 좋아서 행복해지고 싶어서 오늘도 열심히 전화를 돌리고 있는 이웃들이 참 거시기하다. 힘 있고 돈 있는 사람들이 우리를 무시하고 얕잡아 볼 때 그들이 우리를 위로해 줬다. 도대체 정치하는 사람들이나 권력자들은 어떤 생각으로 살아가고 있는지 그들 마음속에 있는 양심의 소리가 궁금하다. 주제 파악 좀 하고 살라고 충고한다.

미국의 32대 루즈벨트 대통령은 '언론과 표현의 자유, 신앙의 자유, 결핍에서의 자유, 공포에서의 자유 위에 세워진 세계(나라?)'를 갈망한다고 했다. 꼴불견이 없는 세상에서 한번 살아 보고 싶다.

4곳의 인생 학교

인간이 동물과 다른 점은 생각을 할 수 있고 이성을 가졌다는 것이다. 이성은 스스로 생기는 것이 아니라 훈련과 교육에 의해서 길들여지는 것이라 할 수 있다. 그래서 교육의 중요성이 강조되고 어떠한 교육을 받느냐에 따라서 사회에서 대우받는 등급이 정해지기도 한다. 대학을 나왔느냐? 어느 대학을 나왔느냐? 어떤 직업을 가졌느냐? 등등, 평생을 살아가면서 자신의 몸 가치를 평가받는 잣대가 되는 교육. 정말 중요하다. 이러한 교육은 꼭 학교에서만 이루어지는 것이 아니라 인생 현장에서도 이루어진다. 이제 그 4곳의 인생 학교를 소개한다.

그러기 위해서 첫째 교육의 기초를 배우는 학교라는 울타리에서 생활해 보아야 한다. 학교라는 울타리는 단체 생활을 교육한다. 인간 생활의 가장 기본이 되는 글자와 도덕과 취미를 개발할 수 있는 방법과 기회를 만들어 준다. 초등학교는 의무 교육이며 헌법에서도 대한민국 국민이면 누구나 받아야 할 의무인 동시에 대한민국 국민 누구나 누릴 수 있는 권리이기도 하다. 초등학교, 중학교, 고등학교까지는 그런대로 가지만 대학교부터는 피 터지는 노력과 눈치의 결과에 의해서 정해진다. 학교는 우리가 살아가는 데 필요한 최소한의 지식과 살아가는 방법을 가르쳐 준다. 집단생활에서 맺어지는 동기, 동문이라는 네트워크를 형성해 주기도 한다. 그러나 한편으로 학교는 많은 규제와 통제가 가해지는 집단이기 때문에 자유의 소중함을 일깨워 준다.

둘째 인생 학교는 군대라는 현장이다. 대한민국 남자는 20세가 되면 신체나 정신이 정상적인 사람은 누구나 군대라는 과정을 거쳐야 한다. 군대는 집단생활과 상명하복이 가장 철저한 폐쇄적인 집단이다. 직업군인을 제외하면 누구나 가기를 싫어한다. 일반적으로 사회적인 신분이나 직위에 무관하게 동등하게 취급 받는 곳이 군대이다. 그러나 알고 보면 군의관, 법무관, 군승, 군목 등 특수한 분야에서는 특별한 대우를 받기도 한다. 다만 일반적으로는 그나마도 가장 공평하게 대우하는 곳이 군대라는 생각 때문에 대한민국의 남자라면 군대라는 울타리에서 생활해 보아야 한다고 주장한다. 여기서 배울 수 있는 것은 스스로 생존하는 방법을 배우게 된다. 지금이야말로 시시콜콜 군대 내에서 일어나는 일들이 모두 바깥세상으로 흘러나오는 세상이지만 몇 년 전만 해도 철저하게 베일에 감춰진 세계가 바로 군대라는 집단이다. 때문에 더더욱 경험해 볼 필요가 있다. 군대는 계급과 보직이라는 말이 있다. 그 외에는 통하지 않는다는 말이다. 꼭 가서 경험해 보아야 할 곳이 군대이다.

셋째 병원이라는 인생 학교다. 사람은 누구나 건강하기를 원한다. 그러나 건강할 때는 건강의 소중함을 모른다. "내 감기를 다른 사람 염병보다 더 중하게 생각한다."는 말이 있다. 그만큼 내 몸 건강이 중요하다는 말이다. "재산을 잃으면 조금 잃는 것이요, 명예를 잃으면 조금 많이 잃는 것이지만 건강을 잃으면 모두를 잃는 것이다."라는 말도 있다. 건강은 매우 중요하다. 그래서 사람은 자기 몸이 아파서 병원에 입원을 해 보면 진짜로 건강의 소중함을 알 수 있다.

병원이라는 인생 학교도 경험해 보아야 한다. 병원에 가 보면 별의별 환자가 다 있다. 친구들과 사냥을 갔다가 오발 사고로 멀쩡하던 두 눈을 졸지에 잃고 평생을 후회하면서 사는 사람, 잠시 잠깐의 실수로 교통사고를 당해서 식물인간으로 지내는 사람, 그리고 각종 암으로 시한부 인생을 사는 사람들, 어찌 보면 하루하루 평범하게 살 수 있는 지금이 어쩌면 너무나 행복한지도 모른다. 그래서 사람들은 병원에 입원해 봄으로써 스스로가 건강의 소중함을 알 수 있게 된다.

마지막으로 감옥이라는 학교다. 꼭 죄를 지어서 감옥살이를 하라는 것이 아니다. 우리가 평소에 법을 지키고 사는 것이 얼마나 편안한 일인지 죄를 지어 보면 알 수 있다. 우리는 알게 모르게 많은 죄를 지으면서 살아간다. 살인이나 강간, 폭행 등 의도적으로 죄를 저지르면 강제로 입건이 되어 조사를 받고 재판을 받아서 결과에 따라 벌금, 징역 등 죗값을 치른다. 그렇지 않고 자기도 모르는 사이에 무의식적으로 가벼운 죄를 짓는 경우는 많다. 신호 위반, 차선 위반, 침 뱉기 등 소소한 경범죄에 해당하는 범죄들이다. 어쨌거나 우리가 죄를 짓고 죗값을 치르기 위해서 교도소라는 제한된 장소에서 자유를 제한받으면서 지내보면 죄를 짓지 말아야 할 이유를 알게 되기 때문이다. 감옥이라는 학교에 대해서도 알아야 한다.

자신의 모든 행동에 대한 감시와 통제를 감수해야 하고 이를 어기게 되면 물리적 제재를 받을 수 있는 제한된 공간이 바로 학교, 군대, 병원, 감옥이라는 조직이다. 즉 자기 스스로의 의지에 따라 행동하지 못하는 생활을 경험해 보면 본인 스스로 의지에 의해서 생활할 수 있다는 것에 대한 고마움과 책임을 느낄 수 있다. 그래서 자유는 소중하고 자유가 없는 곳을 싫어한다. 결국 타인에 의해서 내가 직간접으로 지배되는 현실을 직간접으로 체험해 봄으로써 자유의 고마움을 알 수 있다. 자유가 없으면 행복도 없다.

금수저의 꿈

어릴 적 내 꿈은 판검사였다. 경찰관으로 근무하셨던 아버지가 퇴직 후 몇 번의 지방선거에서 낙선만하는 것을 보고 자랐다. 부정 선거가 판을 치던 시절이다 보니 어린 마음에 아버지를 도와드리려면 내가 권력이 있어야 한다고 생각했다. 권력의 소중함을 일찍부터 알았다. 권력이 있으면 부와 명예는 그냥 따라오던 시절이기도 했다. 법대를 지원했지만 불합격하는 바람에 판검사의 꿈을 접었다. 남이 보면 부러울 것 없이 잘사는 집도 집안에 교수, 의사, 장군, 판검사까지 골고루 한 명씩은 있었으면 하고 바란다. '무슨 생뚱맞은 소릴까?' 하겠지만 현실이 잘 말해 주고 있다.

교수가 왜 필요할까? 보통 사람들은 무조건 공부만 잘해서 실력으로 좋은 대학, 좋은 학과에 진학해서 의사되고 판검사 되고 박사 되고 장군 되고 하는 줄 알고 있다. 꼭 그렇지만은 않다. 대학에 진학하는 방법도 여러 길이 있다. 해외 파견 등 외국 근무 기간에 따른 특례 입학, 고액 기부자에 대한 특례 등도 있다고 알고 있다. 표창이나 봉사 활동,

논문 연구 보조 등 가산점제도도 있다. 집안에 교수가 한 명 정도 있다면 대학 진학 시 도움을 받을 수 있는 방법을 찾을 수도 있다. 미리미리 표창도 받고 해외도 다녀오고 봉사도 하는 등 준비를 할 것을 알려 준다면 많은 도움이 될 것은 뻔하다.

박사 과정 진학을 위해서 지방 국립대에 지원한 적이 있었다. 면접관 교수가 왜 미리 와서 이야기를 하지 않았냐고 물었다. 무슨 뜻이냐고 되물었다. 올해는 본 대학의 예산과 관련된 분들이 많이 지원을 해서 선발 예정 인원이 찼다고 했다. 혹시라도 다시 지원할 때는 미리 와서 얘기를 하라고 했다. 선발 기준을 듣고 의아했다. 모든 대학의 사정이 대동소이했다. 대학원은 학부와는 선발 기준이 다르다. 학사, 석사 학위자 중에서 자격 요건 충족자 중 주관적 기준으로 선발한다. 주관적 기준이란 대학 운영과 관련 재정 운영에 도움이 될 사람을 우선적으로 선발하는 것 같았다. 교수 본인의 제자나 연구 조수도 우선 선발 대상이 된다. 일정 요건이 갖춘 자 중에서 필기시험을 치루는 것이 아니고 주관적으로 판단하기 때문에 잘못되었다고 할 수는 없다. 있을 수 있는 일이다. 국립대학 편입제도도 그렇다. 특정 대학 졸업자들은 국립대에 쉽게 편입할 수 있도록 배려해 주고 있다. 정원 외 입학제도도 있고 농어촌특별전형 등 사례는 많이 있다. 모르면 손해다. 교수? 그래서 있어야 한다.

의사는 왜 있어야 할까? 병원이라는 문턱도 알고 보면 꽤나 높다. 동네 일반 의원이야 아무나 언제든지 갈 수 있다. 큰 병원이나 유명 의료진에게 진료를 받기 위해서는 몇 달 기다려야 하는 건 보통이다. 큰 병으로 병원 입원해서 수술을 받아도 구체적인 내용은 도무지 알 수도 없다. 전문 용어에다 설명도 제대로 해 주지 않는다. 인턴이나 레지던트들을 위한 임상으로만 쓰이는 것 같아 마음 상할 때도 많다. 그저 주는 대로 먹고 치료해 주면 치료받고 나으면 퇴원하면 된다. 무슨 큰 죄라도 지은 사람마냥 주치의가 회진을 돌 때면 그저 굽신굽신해야 한다. 혹시 주치의 입에서 나쁜 말이 나오면 안 되니까?

이럴 때 집안에 의사가 필요하다. 의사끼리는 서로 대화가 되고 병에 대해서도 자세히 알 수 있어 안심이 될 수 있다. 위암에 걸려서 수술을 받아야 할 처지에 있었다. 대학병원 담당 교수님의 학술 세미나, 강의 등으로 수술 일정이 몇 번씩 밀리기도 한다. 수술 일정이 계속 연기되어 불안한 마음에 의사 사위에게 도움을 청했다. 사위와 의대 동기인 대학병원 외과 레지던트의 도움으로 위암 수술 전문 교수님을 소개받았다. 교수님이 집도하여 일찍 수술을 받을 수 있었다. 수술 전 상황과 수술 후의 관리 방법도 상세히 알려 주었다. 그리고 병원에 갈 때도 훨씬 마음이 안정된다. 집안에 의사는 가족이 아플 때 꼭 필요한 존재다. 있기만 해도 든든한 그런 존재다.

장군, 장교? 1970년 6월 논산훈련소에 입소했다. 신체검사 받고 1년 만에 입대했다. 시, 군 단위로 병력이 집결해서 입영열차를 타고 단체로 입소했다. 한밤중에 논산훈련소 수용연대에 들어가니 아수라장이었다. 군인도 아니고 그렇다고 완전한 자유인도 아닌 상태였다. 정식으로 군번을 받고 나면 3년간은 누구도 터치할 수 없는 폐쇄된 병영 생활이 시작된다. 어디 부대로 배속되는지 어떤 일을 할 것인지는 모두가 군사 기밀이다. 오로지 그때그때 상황에 따라서 적응하면서 생활할 수밖에 없다. 적자생존의 원리가 100% 적용되는 시기다. 가족 중에 장교나 장군으로 복무 중인 사람이 있으면 사정은 달라진다.

배속도 직책도 달라질 수 있다. 군인들끼리는 동병상련으로 통하는 뭐가 있다. 전화 한 통이면 모든 걸 알 수 있다. 일반 병사들은 오로지 군사우편에 의존해서 통신 보안사항이 아닌 일반적인 안부나 소식을 주고받는 정도다. 앞길도

예측할 수도 없다. 월남 파병도 있었다. 월남에 갈 수도 있는 상황이었다. 훈련소를 거쳐, 후반기 교육을 받고 육군 제2부사관학교를 갔다. 입대 전에 부사관 신청을 한 것도 아니다. 강제로 차출을 해서 자신도 모르게 부사관 교육을 받게 되었다. 통신훈련소 교육을 받고 9개월 만에 하사가 되었다. 하사 임관 후 7일간 집에 휴가를 갔다. 9개월 동안 가족과는 면회는 물론 외출, 외박도 없이 오로지 교육만 받았다. 가족들은 내가 죽었는지 살았는지 편지로만 확인할 뿐이다. 편지마저 없다면 아무도 모른다.

함께 입대한 친구들 중에는 카투사로 간 친구도 있고 행정병으로 간 친구도 있었다. 나만 별나게 혹독한 하사관 교육을 받았다. 나중에 알고 보니 하사 임관 때 인사 장교가 고향의 선배였다. 배출 시 그 선배는 이번 기수 중에는 최고로 좋은 곳(포천 6군단)으로 인사 명령했다고 일러 주었다. 그러면서 휴가 가면 선배가 이 부대에 있다는 것을 아무에게도 말하지 말라고 했다. 그 선배가 고향을 떠나올 때 여자 문제로 몰래 도망 나와서 장교로 지원해서 복무 중이라 했다. 부모님이 아시면 금방 잡으러 오실 거라면서 절대 비밀로 해 달라고 신신당부를 했다. 결국 나는 알려 드렸다. 이처럼 군대라는 조직은 폐쇄적인 조직이라 군대의 사정을 잘 아는 가족이 없으면 내부 사정을 전혀 알 수가 없다.

판검사? 사람이 살다 보면 항상 옳은 일만 할 수는 없다. 혹시라도 남과 언쟁이 생기거나 실수로 죄를 지을 수도 있다. 이를 때는 정말 난감하다. 집안에 누구라도 경찰이나, 검찰, 또는 판검사라도 한 명 있으면 크게 의지가 된다. 경찰에 가면 어떻게 되는지? 검찰에는 또는 법원에까지 가야 되면 어떻게 되는 건지? 물론 돈 주고 변호사를 고용해도 되겠지만 변호사는 아무래도 내 가족처럼 해 주지는 않는다. 이럴 때 꼭 필요한 게 권력기관에 근무하는 가족이 필요하다. 무전유죄 유전무죄라는 말도 있다. 덕을 보지 않아도 집안에 판검사 한 명은 꼭 필요하다고 생각했다. 기 안 죽고 손해 안 보고 살려면 판검사 또는 경찰 간부, 군 장교, 의사, 교수 등 넷은 꼭 필요한 존재다. 여기다 돈 잘 버는 재벌급 가족이 있다면 금상첨화이겠다. 4개, 5개의 금수저는 어디에 있을까? 꿈을 꾸자. 꿈은 이루어지기 위해서 존재한다.

리더다운 리더

리더는 많은데 리더십을 제대로 갖춘 참된 리더가 없다. 일반적으로 리더라고 하면 가정에서는 부모를 직장에서는 상급자를 국가나 단체에서는 대표자를 말한다. 조직이 크든 작든 리더가 있어야 하고 또 필요하다. 특히 수천, 수억 만 명의 국민으로 이루어진 국가나 수만 명의 직원들로 이루어진 글로벌 기업의 리더는 제대로 리더십을 갖춘 리더다운 리더가 절대적으로 필요하다.

하버드 케네디 스쿨은 리더십을 "도전적인 기회 속에서 비전을 명확히 세워 현실을 돌파해 나가기 위해 조직과 사회를 동원하는 활동."이라고 정의했다. 우리 주변을 돌아보면 리더다운 리더는 고사하고 리더라고 하는 사람들의 행태를 보고 있노라면 도리어 화가 난다. 막장 드라마에 조폭 집단 같은 언행은 도를 넘어도 한참 넘는다. 도무지 양심과 체면이라고는 눈 씻고 보아도 보이지 않는다. 모두가 자기 주장만 하고 옳다고 우겨댄다. 상대는 안중에도 없다. 함께 죽자는 치킨게임이다.

며칠 전에 다섯 살짜리 손자가 할아버지 집에 잠깐 놀러 왔다. 두 시간도 채 머물지 않았는데 갑자기 "할아버지! 할아버지 집은 왜 이렇게 모두가 엉망진창이에요? 에어컨도 엉망진창, 소파도 엉망진창, 부엌도 엉망진창."이라고 큰소리로 말했다. 속으로 뜨끔했다. 에어컨 필터는 미처 청소를 못 해 먼지가 떡이 지고 소파에는 벗어 놓은 옷가지 몇 개가 널브러져 있었다. 부엌에는 아침 먹은 설거지거리가 가득 쌓여 있는 걸 보고 한 말이다.

  만약 손자가 나라 안팎 지금 벌어지고 있는 사실을 알 수 있는 나이였다면 무엇이라 했을까? 보나마나 '엉망진창'이라고 했겠다. 엉망진창의 사전상 의미는 '잘 정돈되지 않은 상태. 일이나 사물이 제멋대로 뒤엉켜 심하게 갈피를 잡을 수 없도록 되어 버린 상태'라고 했다. 중국 고사를 보면 제갈공명과 학소가 진창성을 두고 전쟁을 벌였다. 천하의 제갈공명도 학소가 지키고 있던 난공불락의 진창성을 함락하지 못하고 패하게 된다. 그 후 제갈공명이 두 마디 말을 남겼다고 한다. "학소는 훌륭한 명장이다. 북벌은 진창성에서 꼬여 엉망진창이 되었다. 앞으로 우리 촉나라의 북벌이 완성될지 의문이다."라고 한 말에서 '엉망진창'이라는 말이 쓰이기 시작했다고 한다.

그렇다. 요즘은 TV나 신문 보기가 겁이 난다. 미국과 중국은 대만을 놓고 싸움을 시작했다. 우크라이나와 러시아는 1년 넘게 치열하게 전쟁 중이다. 북한은 연일 각종 대륙간 탄도미사일을 쏘아 올리고 있다. 입에 담기도 거북한 전쟁 이야기를 거침없이 쏟아낸다. 국내 사정도 심각하다. 여당과 야당이 사사건건 싸우느라고 국민들의 안전이나 생활고에는 아예 관심이 없어 보인다. 도대체 리더는 어디 있는가? 차라리 능력이 없으면 스스로 겸손하게 책임을 질 줄 알아야지 서로 상대방 탓만 하고 있다. 과거 시절 리더들은 이렇지는 않았다. 최소한의 양심과 책임감은 있었다. 지금은 리더라는 인간들이 온갖 부정은 다 저지르고 오직 자기와 자기 가족들 살 궁리만 하는 진짜 미운 사람(더러운 족속)들이다.

가족은 이중 국적을 가지고 외국으로 유학 나가 있다. 조국에 전쟁이 나면 조국을 구하기 위해 귀국할 인물이 과연 몇이나 될까? 믿을 수가 없는 것이 오늘의 현실이다. 각자도생이다. 이스라엘과 우크라이나를 보자. 조국이 어려울 때 젊은이, 늙은이 할 것 없이 총 들고 전쟁터로 가기를 원한다는 걸 보고 듣고 있다. 조국을 위해 목숨이라도 기꺼이 바칠 수 있는 자랑스러운 대한민국을 만들 참신한 리더는 어디에 있을까? 리더다운 리더가 절실하게 필요하다. 자기 관리에 철저한 리더, 국가관이 확고한 리더, 지혜롭고 덕망이 높은 리더, 무엇보다도 추종자들로부터 신뢰를 받을 수 있는 리더가 필요하다.

요즘 사회적으로 이슈가 되고 있는 시니어 아미(장년 군대)는 꼭 되짚어 볼 만하다. 국가를 위해 목숨을 바쳐 충성할 수 있는 시니어 아미 필요성을 적극 제기한다.

야만인

70년대 후반 경제가 발전하고 인구가 급증하면서 우리 나라도 인구 억제 정책을 펴기 시작했다. 자녀를 적게 낳게 하는 것이 목적이었다. 대표적으로 남자는 정관 수술, 여자 는 루프 피임법을 권장하고 예비군 훈련 시간에 정관 수술 을 받으면 예비군 교육을 면제 했다. 또 거리마다 홍보 표 어가 나붙었다. "아들딸 구별 말고 둘만 낳아 잘 기르자.", "둘도 많다.", "하나씩만 낳아도 삼천리는 초만원.", "잘 기른 딸 하나 열 아들 안 부럽다." 등. 이러한 시기에 나는 취직을 하고 결혼도 했다.

첫 번째는 산부인과 의사를 잘못 만나서 실패하고 둘째 는 딸을 낳았다. 세 번째도 딸을 낳았다. 우리 부부는 아들 딸 구별 않고 두 딸만 잘 기르자고 했다. 부모님은 내가 장 남인데 아들 하나 더 낳으라고 하셨다. 아들딸이 마음대로 되는 것도 아니고 또 꼭 아들이라는 보장도 없고 해서 우리 부부는 더 낳을 생각을 하지 않았다. 부모님은 어디서 둘째 의 이름을 '꼭지'라고 부르면 동생은 아들을 본다고 누가 그랬다면서 둘째를 꼭지로 부르셨다. 셋째를 임신하고 아내는 이번에는 꼭 아들 같다고 하면서 좋아했다. 셋째를 낳았다. 또 딸이었다. 옆에 계시던 할머니께서 위로의 말로 "첫딸은 살림 밑천이라고." 하셨다. 내가 고개를 저으니 "딸 둘이면 어떠냐고" 했다. 또 내가 고개를 가로저으니 "다음에 아들을 낳고 싶으면 애기 이름을 '인오'라고 부르라."고 했다.

병원에서는 눈치 없이 셋째도 의료보험으로 입원비를 계산했다. 당시에는 자녀가 셋 이상이면 세 번째는 분만 시 의료보험 적용도 되지 않았다. 결국 둘만 낳으라는 정책이었고 둘 이상 낳는 부부는 거의 드물었다. 넷째는 생각하지도 않았다. 나와 같이 딸 셋인 친한 직장 동료가 어느 날 갑자기 아들 돌이라면서 초대를 했다. 넷째로 아들을 낳았던 것이다. 그는 병원에 가서 양수 검사를 해서 낳았다고 했다. 주변에서는 그렇게 쉬운 아들도 하나 못 낳는다고 나를 놀리는 사람도 있었다. 여차저차 자의 반 타의 반 넷째를 가졌고 4개월째 양수 검사를 해서(당시는 양수 검사는 불법) 아들임을 확인했다. 그리고 드디어 아들을 얻었다.

나는 졸지에 1남 3녀 부모가 되었고 이때부터 '야만인'이라는 별명이 붙었다. 한 명의 자녀가 있으면 '현대인', 2명이면 '인간', 3명이면 '짐승이나 동물', 4명 이상이면 '야만인'이라고 불렀다. 나는 야만인이 되었다. 그때가 1986년이니 정확히 37년 전 일이다. 37년 후 2023년에 출산율이 이렇게 낮아질 줄 알았다면 나는 영웅이 되어야 했다. 정반대로 많은 불이익만 받았다. 공공주택 분양 시 자녀가 2명이면 우대했고, 자녀 학자보조금도 2명까지만 주고, 가족 수당도 2명의 자녀까지만 주었다. 연말 근로소득 자녀 공제도 2명까지만 인정했다.

솔직히 자기 자식은 자기가 키우지 누구에게 의지해서 키우는 부모는 없다. 지금은 생활이 어렵거나 또는 좀 더 편하고 여유 있는 삶을 살려고 아예 결혼도 하지 않는다. 혼자 살거나 결혼을 하고서도 아기를 낳지 않거나 낳더라도 1명만 낳는 가정이 늘어나고 있다. 당연한 얘기다. 1명의 자녀를 키우는 데 드는 돈이 2억이니 3억이니 하는데 누가 많은 자녀를 낳고 싶을까? 자녀는 자기가 좋아서 낳아야지 억지로 낳아라, 말라 해서 될 일은 아니다. 그런데 결과적으로 나는 지금 자녀를 많이 둔 것을 결코 후회하지 않는다. 지금은 모두 잘 자라서 대학까지 졸업했다. 결혼도 하고 손자, 손녀들도 7명이나 된다. 손자, 손녀들 재롱이 하늘을 찌른다. 국가는 나 같은 야만인을 많이 만들어야 한다.

하늘이 무너지는 아픔

　결혼 후 새 직장으로 옮긴 후 우리의 깨소금 같은 신혼은 계속되었다. 매일매일 즐거운 하루하루였다. 당시만 해도 꽤 많은 월급을 받았다. 또 다른 데 쓸 일이 없었기에 생활은 넉넉한 편이었다. 가끔씩 시골에서 약방을 하시는 아버지 가게에 필요한 가구(소파며, 책상 등)를 사드렸다. 용돈도 조금씩 드릴 수 있었다. 아내는 첫 아이를 가졌다. 우리 둘은 배 속의 태어날 2세를 위해서 병원도 다니고 태교도 하고 많은 노력을 하였다. 그러한 덕분에 아기는 별 탈 없이 아홉 달을 채웠고 다음 달이면 출산을 앞두고 있었는데 아내가 감기에 걸렸다.

　가끔씩 기침을 하는 것이 안쓰러워 어른들과 상의도 하지 않고 한의원에 가서 한약을 사 와 달여 주었다. 어른들은 임신 중에 한약은 금물이라 했다. 그 때문인지 아기가 예정일보다 빠르게 진통을 시작했다. 어린 나는 당황한 나머지 회사 차를 긴급 연락하여 평소에 다니던 방산부인과로 갔다. 방산부인과에서는 어제까지만 해도 이상이 없다던 아기가 거꾸로 있다고 했다. 유도 분만을 해야 한다고 했다. 의사는 유도 분만을 시도했지만 아기는 결국 거꾸로 나오기 시작했고 아내는 출혈이 심했다. 아기와 산모가 모두 위험한 처지에 놓였다.

부모님과 장인, 장모님은 멀리 계시고 가까이엔 돌봐 주실 어른이라고는 아무도 안 계신 상태에서 나와 아내 둘이서 어떻게 할 수가 없었다. 결국 나의 첫 번째 아들인 아기는 거꾸로 나오다가 시간이 너무 지체되어 질식했다. 이 세상에서 울음 한 번 울어 보지 못했다. 나는 첫 번째 소중한 핏줄을 잃었다. 눈에 아무것도 보이지 않았다. 지금의 의술이면 충분히 살릴 수 있었다. 또 수원으로만 갔어도 살릴 수 있었다. 그 아기는 정녕 우리와는 인연을 맺고 싶지 않았나 보다. 아내는 지금도 당시의 후유증으로 겨울만 되면 기침을 한다. 옛말에 임신 중에는 한약을 먹으면 안 된다고 했다. 임신 중에 걸린 감기나 기침은 평생을 간다는 말이 그대로 실감이 난다.

우리 부부는 지금도 그 아기에게 미안한 마음을 가지고 살고 있다. 방산부인과 원장이 원망스럽다. 나중에 들은 이야기이지만 방산부인과 원장이 아기가 없어서 다른 사람들이 아기를 갖는 것을 질투한다고 했다. 그래서 최선을 다하지 않는 것 아닌가 하기도 했다. 아내를 위로하는 말로 아기야 또 가지면 되지 않겠냐고 했지만 내심 섭섭했다. 아내는 아기를 잃은 슬픔에 당일로 퇴원하자고 했다. 이틀 만에 퇴원하고 시골에서 어머니께서 오셨다. 우리는 어머님 뵐 면목이 없었다. 어머니는 우리를 위로하셨다. 정말로 고맙고 인자하신 어머님이다. 아버지께서 독자로 자라서 그러신지 손자에 대한 욕심이 대단하시다. 아들이건 딸이건 빨리 당신의 자손을 보시고 싶으신 게다. 나는 아내에게 잘해 줘야겠다고 마음먹었다. "여보 우리 다음에 아기 낳으면 이 세상 누구보다도 행복하게 기릅시다." 하고 맹세했다.

우리 형제는 3남 1녀가 자랐다. 내가 장남이지만 사실상으로는 내 위로 형이 있었다. 어릴 때 형이 돌아가셨기 때문에 내가 장남이 된 것이다. 인명은 재천이라 당시는 언제 어떤 병으로 죽을지도 모르는 열악한 환경이었기에 자식에 대한 부모님들의 정성은 대단하셨다. 불면 꺼질 세라 놓으면 넘어질 세라. 자나 깨나 자식 걱정이셨다. 어머니는 총 8남매를 낳으셔서 내 위로 남자 한 명, 여동생 2명을 병으로 잃는 아픔을 겪으셨다. 그러기에 우리 남매가 어머니께는 엄청 귀하고 소중한 존재였는지도 모른다. 지금 생각하면 "무자식 상팔자.", "자식은 품안의 자식이지 키워 놓으면 다

소용 없다더라."는 말이 정말로 실감이 난다. 그리고 부모 자식은 전생에 '빚쟁이' 관계였다는 말도 실감난다. 형제는 전생의 경쟁자 관계였고 부부는 원수 관계였다는 말이 있다. 그저 말일 뿐이다. 빚 받으러 이 세상에 태어난 자식들에게 잘해 줘야겠다. 진 빚 이상으로 갚아야겠다.

우선 살고 보자

서울로 이사하는 날, 8톤 트럭이 왔다. 신혼집 살림이라 이삿짐이라 할 것도 없이 트럭의 밑바닥에도 깔리지 않을 만큼 적은 살림이다. 운전기사가 이게 이삿짐 전부냐고 놀란다. 봉천동 골목을 트럭이 너무 커서 들어가지도 못했다. 나와 동생과 처남 셋이서 이삿짐을 옮겼다. 드디어 서울 생활과 본사 생활이 시작되었다. 새로운 사람과 만나고 새로운 업무를 시작하면서 그런대로 새로운 환경에서 적응하기 시작했다. 서울에서 공무원 생활을 하던 동생도 같이 한집에서 생활하면서 서울 생활이 그런대로 재미있었다.

세를 든 집은 방이 세 개인데 주인집은 아들 셋과 주인 부부 내외 다섯이서 한방을 쓰고 방 2개를 우리에게 세를 주었다. 방 1개는 동생이 쓰고 남은 방 1개는 나와 아내, 딸 셋이서 사용을 했다. 불편한 점은 화장실이 한 개여서 아침이면 줄을 서야 했다. 연탄 난방을 하고 있었는데 연탄아궁이의 불을 갈기 위해서는 한 사람이 겨우 들어갈 만한 빈틈으로 들어가야 했다. 연탄을 갈아야 하는 고생은 고스란히 아내가 맡아 했다. 정말 고생 많이 한 아내이지만 불평 한 마디 하지 않고 잘도 참아 줬다. 어느 날 한번은 동생이 방에서 가스 중독으로 일어나지를 못했다. 김치 국물을 먹이고 약을 사다 먹고 해서 간신히 깨어났다. 나중에 장판을 들어 보니 방바닥이 온통 갈라져 있었고 가스 중독이 오지 않으면 이상할 정도로 방바닥이 엉망이었다. 나는 여기서 계속 살다가는 언제 누가 가스 중독으로 저승사자가 잡아 갈지도 모른다는 불안감에 집을 옮기기로 했다.

집을 옮기려면 전세금이 더 있어야 하는데 60만 원으로 방 2개를 얻을 수 있는 곳은 서울 하늘 아래 없을 것이다. 마침 처당숙의 집에 방이 2개가 비어 있다고 했다. 우리는 100만 원으로 전세를 내기로 하고 현재 사는 곳에서 2킬로미터 떨어진 봉천2동 산으로 이사를 했다. 이사 온 집은 법당으로 쓰기 위해서 지은 집이어서 넓고 깨끗하였다. 다만 봉천동 높은 곳에 위치하여 출퇴근 시에나 시장 갈 때는 등산하는 기분으로 다녀야 하는 어려움이 있었다. 나머지는 별 어려움을 못 느꼈지만 집이 너무 커서 난방이 잘 안 되었다.

우리는 어린 애기(큰 딸 애리)가 있었기에 방 안에다 연탄난로를 피우고 살지 않으면 안 되었다. 처당숙과 숙모님께서 너무 잘해 주셨다. 집안일은 물론이고 애기도 잘 돌보아 주시고 경제적으로 많은 도움을 주셨다. 가족의 소중함을 느끼며 살았다. 이런 것이 아마 가족인가 보다.

둘째 혜윤이가 태어났다. 밤에 하얀 눈이 소복이 쌓인 봉천동 꼭대기에서 한밤중에 산통이 왔다. 병원을 갈 틈도 없이 둘째를 낳았다. 나는 급한 나머지 의사 선생님께 전화를 해 의사 선생님이 시키는 대로 아기의 탯줄을 잘라 지혈하였다. 아기를 목욕시키고 시골에 계신 부모님께 전화를 드렸다. "아버지, 어머니 아들을 낳았습니다.", "오냐, 그래. 장하다. 수고했다." 그런데 전화기를 내려놓았는데 처당숙모님께서 아들인지? 딸인지? 다시 한번 확인해 보라신다. 당황하고 급한 나머지 아기를 자세히 보지도 않고 '아들을 바랐던 마음에' 엉겁결에 아들 낳았다고 해 버린 것이다. 다시 한번 자세히 보니 딸이었다. 다시 부모님께 전화를 드려서 둘째 딸을 낳았다고 말씀드렸다. 둘째는 잘 자랐고 현재는 결혼하여 세 아이의 엄마가 되었다.

여기까지는 좋았는데 회사 정기 검사에서 '간디스토마'가 검출되었다는 결과를 통보받았다. 충격적이었다. 간디스토마는 약도 없었다. 나는 독일에는 간디스토마 치료약이 있다는 말을 듣고 신문에 나온 독일 교포에게 무조건 약 구입을 부탁하였다. 약 이름을 모르면 살 수 없다는 회신을 받고 많이 실망했다. 건강의 고마움을 느끼게 한 중대한 사건이었다.

이 무렵 셋째인 진철이가 군대 입대를 했다. 대학교 1학년을 다니다 휴학을 하고 군 입대를 한 것이다. 몸에 이상이 있다고 생각하니 만사가 귀찮았다. 또 나는 대학교 다닐 때부터 자격증에 대한 집념이 대단하여 공인회계사 공부를 하고 있었다. 퇴근 후에 종로에 있는 회계 학원을 다녔는데 학원이 끝나는 시간이 거의 통금 직전이었다. 나는 지칠 대로 지쳤고 스트레스도 많이 받았다. 결국 어느 날 출근을 했는데 회사에서 통근버스를 운전하시던 박 기사님이 내 눈이 샛노랗다고 황달 같으니 병원 빨리 가 보라고 했다. 그렇지 않아도 간디스토마 노이로제에 걸려 있던 내게는 청천벽력 같은 순간이었다. 황달이라니? 나는 덜컥 겁이 나서 회사에 휴가를 내고 큰 병원에 가기가 겁이 나서 가까운 한의원을 찾았다.

한의원에서는 황달은 한약 한 제만 먹으면 된다고 했다. 나는 한약을 한 재 달여 왔다. 시골에서 이 소식을 들은 엄마가 예천 용궁에 있는 용하다는 한의원에 가서서 환약도 지어 오셨다. 누에똥차도 좋다고 하시면서 누에똥도 한 말을 구해 오셔서 꾸준히 달여 먹으라고 하셨다. 1주일 후에는 황달은 없어졌지만 피로감은 더 심했다.

　나는 하는 수 없이 카토릭대학교 부설 강남성모병원에 입원을 하고 당시 간 박사로 유명하셨던 김부경 교수님의 진료를 받았다. 진찰 결과 급성 간염이라고 했다. 항원만 있고 항체가 없는 간염 보균자가 된 것이다. 당시 간염 보균을 하면 술잔도 못 돌리고 완전히 사회적으로 매장을 당하는 그런 분위기였다. 뿐만이 아니라 신규 직원 채용 시 결격 사유가 되었고 정상적인 사회생활에 많은 제약을 알게 모르게 받고 있었다. 또 급성 간염이 치료가 되지 않고 계속 두면 만성 간염으로 진행된다. 만성 간염이 간경화로 진행이 되며 결국에는 간암으로 발전되는 확률이 많다는 것이 당시의 사회적인 통념이었다. 나는 절망했다. 급성 간염이 이렇게 무서운 병인 줄은 몰랐고 이 병을 어떻게 걸린 지도 몰랐다.

　이때부터 철저한 나 자신과의 싸움이 시작되었고 모든 일에 자신감을 상실하게 되었다. 특히 내가 병원에서 퇴원하자마자 3급 승진시험이 있었다. 내가 필기시험에서 우수한 성적으로 당당히 합격을 하니 주위에서는 저 친구는 승진시험 준비하려고 일부러 병원에 입원했었다는 루머까지 나돌았다. 결국 회사에서는 2차 면접제도를 만들어서 낙방을 시켰다. 나는 처음이자 마지막이 된 승진시험 2차 면접 제도의 첫 번째이자 마지막 희생자가 되었다. 그 후 나는 10년 후에 3급 승진을 했다. 그동안 우여곡절은 말로 할 수 없다. 대신 나는 그동안 건강에 관심을 가지고 인생을 마라톤 하는 심정으로 살았다.

아무리 어렵고 험한 일이라도 받아들이기에 따라서 인생의 약이 될 수도 있다. 태양이 반짝이는 한 희망은 반짝인다. 나는 승리했다. 두 마리의 토끼를 잡으려다 두 마리 다 놓치기보다 한 마리라도 꼭 잡는 지혜로운 인간으로 변했다. 여기서 또 한 가지 중요한 것은 "재물을 잃으면 조금 잃는 것이요 명예를 잃으면 조금 많이 잃는 것이며 건강을 잃으면 전부를 잃는 것이다."는 금쪽같은 교훈을 젊을 때 체험했다. 건강이 최우선이다. 우선 살고 봐야 한다. 그리고 나는 살았다. 그동안 노력하며 살아온 보람이 나타난 것이다.

꼴찌 김부장

승진시험에서 가장 어린 나이에 필기시험에 합격했지만 승진 자리가 부족했다. 2차 면접시험이라는 새롭게 만든 제도에 걸려 탈락을 했다. 그것도 같은 고향 사람이 사장으로 재직하는 회사라 가장 유리한 입장이었지만 최악의 결과를 낳았다. 아버지는 고향에 사장과 잘 아는 친척이 있다고 했다. 친척인 조 면장(당시 시골 면장)을 통해서 나의 승진을 부탁하시려는 것을 굳이 그렇게까지 하실 이유가 없다고 말렸다. 지금 생각해 보면 조금은 후회가 된다. 12.12 사건 후 군사 정권이 들어선 과도기에 잠시 임명된 사장이었다. 그는 옛날 고향에서 함께 일하던 인물을 데려다 총무과장으로 임명했다. 그 결과 고향 사람에게 혜택을 준다는 소문이 돌았고 나는 그 첫 번째 선의의 피해자가 되었다. 운명의 장난이다. 고양이 무서워 피해 왔더니 똥 밟은 기분이다.

이렇게 한 번 승진에 누락된 결과 승진하는 데 10년 이상이 늦어지고 말았다. 승진에 누락된 후 건강을 챙기기로 했다. 우선 종로에서 다니던 학원을 그만두었다. 너무 건강에 무리가 가면 또 간염이 재발할 수 있다. 간염이 한 번 재발하면 고칠 수 없는 흑달이 된다고 했다. 나는 겁이 났다. 어떤 일이 있어도 간염을 치료하고 싶었다. 그것만이 나와 가족을 살리는 길이라 생각했기 때문이다. 가족들에게는 모두 간염 예방 백신을 철저하게 접종을 시켰다. 술잔만 돌려도 간염이 옮는다고 사회적으로 매장을 당하는 분위기였다. 가족들은 가족이라는 이유 하나만으로 나와 365일을 함께 입고 마시고 생활해야 한다고 생각하니 가족들에게 전염될까 걱정이 많이 되었다. 특히 부부생활을 함께해야 하는 아내에게는 정말로 미안했다.

후일 내가 완치가 되고 나서 아내에게 들은 애기인데 당시 아내는 부부생활 하기가 싫었다고 했다. 심지어 그 후로 딸과 아들이 태어났다. 이 두 아이도 낳고 싶지가 않았다고 고백을 했다. 나 또한 같은 심정이었다. 그 후 독하게 마음을 먹고 모든 일은 건강을 최우선으로 하면서 생활을 했다. 무리하지 않기, 긍정적인 마음을 가지기, 술 안 먹고 담배 안 피우기 등등. 며칠간은 지켜지는 듯했다. 그러나 사회생활을 해야 하는 직장인이고 가끔은 술자리도 하게 되는데 술을 먹지 않으려고 노력을 했지만 술을 한 잔이라도 먹게 되면 술이 술을 불렀다. 이 같은 악순환이 계속되다 보니 술을 완전히 끊을 수가 없었다. 지금까지도 술은 조금씩 먹고 있다. 그러나 담배는 완전히 끊었다. 사위들에게도 담배는 끊으라고 부탁을 한다. 담배는 정말로 건강에는 백해가 무익한 것 같다. 우리 아들과 딸 셋은 다행히 한 명도 담배를 피우는 자식이 없다. 얼마나 다행인지 모르겠다. 나를 닮아서 모두 착한 아이들이다.

한편 회사에서는 간염 보균자를 무슨 몹쓸 병에 걸린 사람 취급을 했다. 술자리에는 술잔을 돌리지 않는 것은 좋지만 "나 간염 균 없어!"라면서 자랑하듯 외치고 자기 술잔을 돌리는 동료들이 한없이 부러웠다. 나는 그렇게 하지 못하고 조심스럽게 내 잔만 가지고 동료들 눈치 보면서 몰래 한잔 한 잔 먹는 처량한 신세가 되었다. 어떤 경우는 간염에 면역을 가진 직원은 자랑하듯 술잔을 돌렸다. 나에게도 술잔을 권했다. 너무 황송해서 고맙게 받아먹는다. 이런 나의 심정은 정말 개똥이었다. 주변에서 같은 병을 앓던 동료 직원들이 하나둘씩 죽어 가는 모습을 보니 더더욱 겁이 났다. 언론이나 신문지상에도 연일 간염에 대한 나쁜 내용만 보도가 되었다. 심지어 어떤 회사는 간염 보균자는 회사 입사도 거부하는 사건까지 발생하기도 했다. 당시의 나의 소원은 다른 직원처럼 "나 간염 없어."라고 큰소리치면서 술잔

한 번 돌려 보는 것이었다. 지금은 완치되었다. 당당하게 내가 먼저 술잔을 돌린다. 오히려 다른 사람을 위로해 주기도 한다. 이렇게 되기까지 30년 이상 꾸준히 건강을 보살펴 준 아내가 정말로 고맙다. 아내는 내게 생명의 은인이자 인생의 큰 스승이다. 이런저런 이유로 입사 동기 중 꼴찌로 부장으로 승진하였다. 잃어버린 30년을 보상받기 위해서 은퇴 후 인생 제2막은 다른 사람 보란 듯이 화려한 노년으로 살아가기로 작정했다.

숏 타임 사랑

나는 군대 생활을 군단 통신대대에서 하사로 근무했다. 주말에 외박이나 외출을 나가도 마땅히 갈 곳이 없었다. 서울은 위수 지역 밖이라 갈 수도 없다. 한번은 선배 하사님이 내가 너무 부대에만 죽치고 있으니 측은해 보였는지 외박을 나가자고 해 무작정 따라나섰다. 군복을 입고 있으면 객기가 발동한다. 우리도 모처럼 나온 외박이라 대뜸 유흥가 골목을 찾았다. 선배는 오랜만에 기분이나 풀자면서 아가씨들이 있는 집으로 나를 데리고 갔다. 그때는 아가씨들과 즐길 수 있는 시간에 따라 롱 타임과 숏 타임으로 구분했다. 돈이 적게 드는 숏 타임으로 하기로 했다.

이런 곳도 처음이고 여자 경험도 처음이라 어리둥절했다. 막상 옷은 벗었지만 섹스를 해 본 경험이 없어 멍하니 벽만 쳐다보며 앉아 있었다. 아가씨는 빨리 하라면서 재촉을 했다. 그러는 사이 벌써 몇 분의 시간이 지났다. 이때 누군가 밖에서 문을 두드리며 얼른 나오라고 했다. 엉겁결에 옷을 갖추어 입고 재빨리 밖으로 나왔다. 선배는 벌써 일을 마치고 나와 문 앞에서 기다리고 있었다. 그리고는 약국에 가서 항생제를 사서 성병 걸리면 안 된다고 내게도 나누어 줬다. 사실 나는 먹을 필요가 없었지만 내가 그냥 나온 걸 알면 무안해할까 봐 말없이 공범이 되기로 했다.

골목에서 나오다가 공교롭게도 순찰 중인 헌병에게 걸렸다. 우리가 들어 간 곳이 한국군 출입금지구역이었다. 우리는 위수 지역 이탈로 확인서에 서명을 해 줬다. 귀대 후 일주일쯤 지나서 인사계 상사님이 불러서 행정반에 갔다. 책상 위에 위반통지서가 놓여 있었다. 나는 그런 일은 결단코 없었다고 오리발을 내밀었다. 사실은 함께 간 선배가 미리 인사계 상사님과 얘기를 해서 오리발을 내밀면 처벌하지 않겠다고 약속을 받았다며 귀띔해 줬었다. 후에 듣기로 나랑 비슷한 이름을 가진 수송부 상병이 대신 불려가서 호되게 기압을 받았단다. 미안했다. 그 후로는 다시는 가지 않았다.

외박 나가면 의정부에 있는 고모 집으로 갔다. 고모는 신혼으로 애기가 없을 때였다. 근처 옷 만드는 공장에 다니시는데 고모부는 야간 근무가 잦았다. 주말이면 고모님 혼자 계셨다. 나는 비교적 편히 쉬다가 올 수 있기에 두 달에 한 번 정도 고모님 댁으로 외박을 나갔다. 고모 집 바로 옆에 고모부랑 같은 공장에 다니며 자취를 하는 아가씨들이 있었다. 우연히 그중 한 아가씨와 편지를 주고받는 사이가 되었다. 군대 생활에서 애인의 편지는 얼마나 위안이 되는지 겪어 보지 않은 사람은 모른다. 그녀가 보내 주는 편지는 기쁨이요 희망이 되었다. 마침 입대 전에 알고 지내던 첫사랑으로부터 편지가 끊어진 지가 1년이 넘었다. 그녀의 편지는 너무나 소중하고 간절했다.

어느 날 고모가 이 사실을 알았다. 고모는 내가 무슨 대단한 사람인 것처럼 그녀에게 "너 같은 것이 감히 어떻게 내 조카랑 편지를 주고받는 사이가 될 수 있느냐."면서 당장에 관계를 끊으라고 했다. 어처구니가 없었다. 하지만 고모가 나를 위해서 그런 것이라 생각하고 그녀를 단념하기로 했다. 그녀는 무척 성실하고 착했다. 짧은 시간이었지만 행복했다. 돌이켜 보면 그녀가 공장에 다닌다는 것이 고모 마음에 들지 않았나 보다. 공장에 다니는 아가씨들을 공순이라고 무시했던 시절이었다. 아니, 어쩌면 고모부가 다니시는 공장 아가씨라 싫어했는지도 모른다. 또 여자 때문에 내 군대 생활이 잘못될까 걱정이 되어서 그랬던 것 같기도 했다. 고모는 집안의 큰조카인 나를 동생처럼 끔찍이 위해 줬다. 고모는 몇 년 전에 돌아가셨다.

고모님과 나 사이에는 둘만이 아는 비밀이 한 가지 있었다. 같은 부대에 근무하던 선배 원 하사님과의 사랑이다. 고모가 결혼하기 전 내가 원 하사님을 소개했다. 강원도가 고향이신 선배는 너무 너무 성실하고 잘생겼다. 월남전에 참전했다가 복귀해서 전역을 앞두고 계실 때 소개했다. 두 사람은 펜팔 친구가 되었고 시간이 지나 원 하사님은 전역을 해서 고향으로 내려가셨다. 전역 후 나와는 소식이 끊어졌지만 고모님이랑은 계속 연락을 했었다. 마침내 고모랑 만날 날짜까지 잡았다.

그러나 이러한 사정을 전혀 몰랐던 할머니는 지금의 고모부랑 결혼을 시켰다. 두 사람의 결혼생활은 순탄치 못했다. 이혼은 하지 않았지만 둘 사이는 심각한 성격 차이로 다툼이 잦았다. 아들만 둘을 낳았지만 고모님은 행복하지 못했다. 50년이 훌쩍 지난 지금 되돌아보면 내가 좀 더 적극적으로 두 사람을 연결해 드리지 못한 것이 후회스럽다. 고모님 걱정 덕분에 나만 행복하게 살고 있는 것 같아 미안하다. 군대 생활을 떠올리면 생각나는 '숏 타임 사랑'은 이제는 역사 속으로 사라져 버린 단어가 되었다. 그래도 힘들었던 군대 생활에서 잊히지 않는 소중한 기억으로 남아 있다. 사랑에는 국경도 정해진 방식도 제한도 없다. 우리 모두 행복을 위해 열심히 많이 많이 사랑하며 살면 된다.

제3장

길고 굵고 좋은 거

변해야 산다

집에서 얼마 멀지 않은 딸 집에서 손자가 좋아하는 자동차 놀이를 함께하고 있었다. 딸이 커피가 먹고 싶다면서 주문 번호를 알려 주면서 직원에게 보여 주고 커피를 받아 오면 된다고 했다. 임신 중이라 부탁을 들어 주지 않을 수 없어 근처에 있는 스타벅스에 갔다. 번호를 보여 주니 직원이 '사이렌 오더'냐고 물었다.

잘 듣지도 못했지만 무슨 말인지도 몰라 뭐라고 했냐고 되물어 보았다. "사이렌 오더지요?"라고 했단다. 처음 듣는 말이라 무척 당황했다. 그러나 모른다 하면 자존심 상할 것 같아 "아, 인터넷 주문 말이냐?"고 하고 준비해 둔 커피를 받아 왔다. 궁금했는데 마침 아침 신문에 "스타벅스가 커피값 안 올린 비결 - 사이렌 오더(모바일 결재 시스템) 때문"이라는 기사가 크게 실렸다. 스타벅스가 사이렌 오더를 도입해 인건비를 절감할 수 있었기 때문에 커피값 인상하지 않고도 운영이 된다는 내용이었다.

딸, 아들, 사위, 손자, 손녀랑 함께 생활하는 시간이 많아서인지 나이답지 않게 신세대의 생활 방식도 많이 배우면서 살고 있다. 차를 운전하면서 간단한 식사를 구입하는 가게도 가 보고, 핸드폰에서 주문하고 차를 운전하면서 받아 가는 커피 가게도 가 보고, 저녁에 주문하면 새벽에 집 앞까지 채소나 과일을 배달해 주는 택배도 받아 보았다. 나도 모르는 사이에 많은 분야의 생활 방식들이 동시에 빠른 속도로 변하고 있음을 실감한다.

외국어 유치원에 다니는 세 살짜리 손자는 나는 알아듣지도 못하는 영어 회화를 자연스럽게 말한다. 주말에 서울 지하철 4호선(오이도-당고개)을 타 보면 5분의 3 정도가 동남아계의 젊은 외국인들이다. 그들은 사용하는 언어도 다양하다. 한국어, 영어, 중국어, 일본어 등 온통 뒤범벅이다. 달랑 한국어만 할 줄 아는 순수 토종인 나는 소외된 기분이다. 그들은 자국어와 한국어는 기본이고 영어도 꽤 잘한다. 새로운 풍경은 이것만이 아니다.

수도권 전철역 주변의 밤거리는 외국 영화에서나 볼 수 있었던 풍경들이 연출된다. 피부색도 다르고 사용하는 언어도 다른 각국의 젊은이들이 무리 지어서 떠들며 놀고 있다. 주변 상가도 중국어, 베트남어, 인도네시아어로 된 간판이 붙은 식료품점, 음식점, 호프집, 술집 등을 쉽게 볼 수 있다. 안산에는 외국인만 거주하는 지역도 있다. 다문화 가정도 급속하게 늘어나고 있다.

전에는 농촌에서나 볼 수 있었던 다문화 가정이 이제는 도시, 농촌 가릴 것 없이 전국 어디서나 만날 수 있다. 음식 문화도 많이 바뀌었다. 집 밖으로 한 발짝만 나가면 전 세계 어떤 나라 음식이든 다 맛볼 수 있는 세상이 되었다. 특히 베트남 쌀국수는 없는 곳이 없다. 지방에 있는 어느 대학은 재학생의 거의 절반이 외국 유학생이라고 한다. 인구 감소가 대학의 정원도 채울 수 없는 지경까지 왔다.

서울 한복판인 명동 거리에도 한국인은 찾아보기 힘들 정도다. 호객을 하는 점원들도 한국어를 쓰는 사람은 거의 없다. 중국어, 일본어, 아니면 영어, 아니면 지나가는 손님을 보고 나라를 짐작하여 그에게 맞는 언어를 구사한다. 내가 일본인처럼 보였는지 일본어로 호객을 한다. 변한 것은 이것뿐만이 아니다.

도시와 농촌, 서울과 지방이라는 시간과 공간적 경계의 벽도 거의 허물어지고 있다. 서울과 지방, 도시와 농촌을 구분하는 자체가 의미가 많이 없어졌기 때문이다. 지방 도시도 아파트나 공동주택에 생활하면서 자가용을 타고 유명 대형 유통마트에 가서 시장을 본다. 어떤 학자는 앞으로 한국은 하나의 큰 도시 형태로 되어야 한다고 주장했다. 고속철도(KTX), 수도권 전철, 수도권광역급행철도(GTX), 거미줄처럼 연결된 고속도로, 점점 넓어지는 하늘길, 더 빨라지는 바닷길을 이용하면 불과 몇 시간 이내에 전국 어느 곳이든 오고 갈 수 있게 된다.

그때가 되면 지금처럼 복잡한 국가 시스템은 비효율적이 되어 오히려 국제 경쟁력을 떨어뜨리게 되기 때문이다. 중국에는 도시 하나가 우리나라 전체보다도 큰 곳도 있다는 기사를 본 적이 있다. 특별시, 직할시, 광역시, 도, 시, 군, 읍, 면, 동으로 조각조각 나뉘어져 있지만 앞으로는 이런 구분이 필요 없이 나라 전체가 하나의 도시처럼 된다. 국회의원, 도의원, 시의원도 대표적인 기관 하나만 있으면 족하다. 좀 더 나아가 전 국민 개개인이 모바일로 직접 투표를 할 수 있게 되면 국회의원도 뽑을 필요가 없다. 국민 전체 개개인이 직접 투표하는 꿈같은 현실이 현실로 올 수도 있다. 이미 기술적으로는 가능하다는 것이 검증되었다고 한다.

여야가 만나면 싸움질만 하는 의원님들은 귀담아 들을 대목이다. 정보화 기술은 단순한 정보 처리 차원을 넘어서 인간의 생활 방식 전체를 뿌리째 바꿔 놓고 있다. 수년 전만 해도 전 국민이 핸드폰을 가지리라고 생각한 사람은 많지 않았다. 지금은 모든 국민이 핸드폰 이용자라 해도 틀린 말은 아니다. 핸드폰의 기능 또한 어마어마하고 무시무시하다. 똑똑한 핸드폰 하나만 있으면 통화, 물품 구입, 교육, 각종 예약, 대금 결제 등 금융 업무, 지도, 카메라 기능 등 못 하는 일이 거의 없다. 자고 나면 변하는 세상에 어떻게 살아갈지 두렵기까지 하다.

'사이렌 오더'가 내 속에서 잠자고 있던 변화에 대한 게으름을 일깨워 주었다. 지금부터라도 게으름 피지 않고 항상 깨어 있는 마음으로 살아가리라 다짐한다.

전쟁이 난다면?

내 나이 올해 74세, 첫돌이 지나고 1개월 만에 6·25를 겪었다. 엄마는 나를 등에 업고 피난길에 나섰다. 여름이라 밤이면 모기떼가 극성을 부려 내가 울기라도 하면 인민군들이 아기 울음소리 듣고 총을 쏘면 자기들까지 다 죽는다고 나를 버리고 가라 했단다. 나중에 커서 엄마께 들은 얘기로 그렇게 버려진 아이들도 실제로 많다고 하셨다. 엄마는 내가 첫아이라 차마 버릴 수는 없었고 죽어도 함께 죽고 살아도 함께 살자고 끝까지 나를 버리지 못하셔서 휴전 후 지금까지 살아 있다.

돌이켜 보니 온갖 고생만 하시다가 세상 떠나신 엄마 생각이 더욱 간절하다. 군 복무 중에 있었던 일이다. 나는 통신 하사로 근무하였다. 그날도 동료 병사들과 야외에서 전화 선로 보수를 하고 있었다. 점심때쯤 본부에서 긴급하게 부대로 복귀하라는 명령이 있어 부대로 돌아왔다. 인원 미상의 부대가 시내버스를 탈취하여 영등포 방면으로 진입하여 교전 중이라는 정보였다. 전군에 비상이 발령되고 개인에게는 실탄이 지급되었다. 금방 전쟁이라도 날 것 같은 분위기로 신병들은 거의 죽을상이 되었다. 하사인 나도 처음 겪는 일이라 전쟁이라도 나서 출동하면 어쩌나 내심 걱정이 되었다.

다음 날 우리는 북한군이 아닌 후일 '실미도 사건'으로 불리는 일이 일어났었음을 알았다. 전쟁이 아니어서 다행이라고 안도했었던 기억이 난다. 또 내가 군에 복무할 때(70년-73년)가 월남전이 한창일 때였다. 월남 파병을 위한 지원병 차출이 상급 부대로부터 계속 내려온다. 좋은 보직은 다 빠지고 제일 어렵고 가장 힘든 병과와 보직만 배당된다. 실제 나의 하사관학교 후배는 태권도 교관으로 차출되어 파병이 되었다. 생사 여부는 알 수 없지만 어쨌든 상급 부대에서 명령이 나면 파병을 가야 했던 시절이 있었다.

지금 마흔인 큰딸이 여섯 살 때이니까 약 34년 전 일이다. 수원 파도풀장에서 딸들과 즐거운 여름 휴일을 보내고 있었는데 갑자기 옆 텐트가 술렁거리기 시작했다. 마침 켜놓은 라디오에서 북한 비행기 1대가 수도권 상공으로 진입했다는 긴급뉴스가 나오고 있었다. 가능하면 야외 활동은 삼가라는 말까지 했다. 아직은 북한 공군기라는 것만 알고 목적이 무엇인지를 모른다고 했다. 비상사태였다. 모처럼 큰맘 먹고 어린 딸 셋을 모두 데리고 수원에 있는 파도풀장까지 왔는데 점심도 못 먹고 날벼락을 맞았다. 주변 사람들이 알면 서로 먼저 나가려는 큰 혼란이 일어날 것 같았다. 우선 나부터 살아야겠다고 아무에게도 알리지 않고 식구들만 데리고 몰래 빠져 나왔다.

가슴이 콩닥콩닥 불안감이 하늘을 찔렀다. 영문을 모르는 아이들은 모처럼 풀장에서 놀다가 갑자기 집에 데려왔으니 기분이 완전 상했다. 집에 도착해서 뉴스를 들으니 북한 조종사가 귀순했다. "약빠른 고양이 밤눈 어둡다."는 속담처럼 차라리 몰랐다면 하루 종일 잘 놀다 올 것을 하는 아쉬움도 있었다. 누굴 탓하겠는가? 다 내가 소심한 탓이었다고 생각했다.

이 일이 있은 후 몇 년이 지난 초여름 어느 날로 기억한다. 과천 관악산 계곡에서 가족들과 텐트를 치고 휴식을 하고 있었다. 이때 갑자기 사이렌이 울리고 바깥 활동 중인 국민들은 모두 건물 안이나 대피소로 대피 하라는 명령이 내려졌다. 훈련 상황이 아니고 실제 상황이라고 방송을 했다. 우리도 부랴부랴 짐을 싸서 집으로 왔다. 막상 집에 오기는 했지만 전쟁이 나면 뭣부터 준비해야 할지 어떻게 행동해야 할지 막막했다. 시골로 피난을 가야 하나? 애들은 어떻게 하나? 돈은 얼마나 준비해야 하나? 순간적으로 머릿속이 하얗게 된다. 전쟁이 이렇게 무서운 것인가? 이 사건 역시 북한군 조종사가 귀순한 사건이었다.

또 얼마간 세월이 흘렀다. 직원이 약 1,000명이 넘게 근무하는 회사 본사에서 근무하던 때다. 나는 직장 예비군에 편성되어 있었고 사내에는 비상계획실이라는 부서도 따로 운영되고 있었다. 어느 날 오후 근무 시간 중에 사무실 스피커에서 갑자기 민방위 훈련 때나 듣던 방송이 나왔다. 실제 상황이라면서 북한에서 숫자 미상의 공군기가 수도권 상공으로 침공하여 비행 중이라는 것이었다. 순식간에 사내 은행창구는 현금을 찾으려는 직원들로 만원이 되었다. 구판장에는 생필품이 동나고 공중전화는 불통이 되고 여직원들은 울고불고 난리가 났다. 심지어는 조퇴하는 직원까지 생겼다.

나는 부사관으로 군 생활을 했는데도 불구하고 겁이 났다. 전쟁이 나면 우선 가족들이 제일 걱정이다. 먹고사는 문제도 그렇고 생명도 보장이 안 되고 도대체 어떻게 해야 할지 정말로 막막했다. 이번에는 북한 공군 조종사가 저 멀리 남쪽 군산 비행장까지 가서 귀순하는 해프닝으로 끝이 났다. 갑자기 당하는 국민들의 마음은 잠시나마 심각하게 혼란스러웠다. 더욱 심각한 것은 퇴근 후 집에 오니 아내와 애들은 낮에 있었던 일조차도 모르고 있었다. 방송만 안 들었다면 알지도 못하고 지나갈 일이었다. 직장에서는 한바탕 큰 소란이 있었다. 비상 물품이라도 집에 준비해 둬야 하는 건 아닌지 모르겠다는 생각도 해 봤다. 실제로 비상시에 필요한 라면. 밀가루, 양초, 식수, 가스, 가스레인지, 성냥, 랜턴 등은 이런 일이 한 번씩 있을 때마다 상점에서 매진된다고 한다.

그 이후에도 천안함 폭침 사건, 백령도 포격 사건 등 크고 작은 전쟁이 있었다. 지금은 북한이 핵무기로 우리와 미국을 위협하고 있다. 뉴스는 더 가관이다. 북에서 수도권을 타격하는 시나리오는 어제오늘 일이 아니고 매시간 입에도 담기 어려운 전쟁 용어들이 남북한 사이에 오가고 있다. 진짜 전쟁이 일어날 것 같다. 불안한 현실에 우리가 살고 있다. 어떻게 보면 내 자식들이 불쌍하고 안쓰럽다는 생각이 든다. 남들처럼 돈이라도 많다면 외국으로 유학도 보내고 외국에 집도 사 놓았을 것이다. 마침 시골에 집이 있기는 있다. 그런데 시골집이 있는 고향 근처 성주에 사드 포대가 주둔하고 있다. 그야말로 지금의 전쟁은 전방과 후방의 구분이 없다. 오로지 죽느냐? 사느냐? 그것만이 문제인 것 같다.

이 같은 현실에도 익숙해진 우리는 행복을 느끼면서 살아간다. 내일의 희망을 보면서 살아간다. 그래서 인간인가 보다. 우리보다 좀 못산다고 동남 아시아인들을 다소 얕잡아 보지만 동남아 여행을 가 보면 모두가 표정이 너무 밝은데 놀란다. 우리보다 훨씬 행복해 보인다. 내가 가 본 중국, 베트남, 인도네시아, 일본은 말할 것도 없고 괌도 그렇고 사람들의 일상이 너무너무 여유가 있다. 나는 요즘 매일매일 기도한다. 우리 후손들에게는 제발 전쟁 없는 나라를 만들어 물려줄 수 있기를 간절하게 기도하고 기원한다. 전 세계에서 유일하게 존재하는 전쟁 중인 나라 대한민국에서 제발 전쟁이 일어나지 말고 영원한 평화가 있기를 바란다. 만약 전쟁이 난다 해도 무서워 피할 수만은 없다. 똘똘 뭉쳐서 북한을 격멸시켜 통일을 이루는 좋은 기회로 삼아야 한다.

반지하에서 23층으로

사람이 살아가는 데 꼭 필요한 3가지는 의, 식, 주다. 사업을 하든지 회사에 다니든지 직장만 있으면 입고 먹는 문제는 얼추 해결이 된다. 문제는 집이다. 어릴 때 시골집도 다른 사람 땅을 임차해서 짓고 살았다. 연말이 되면 주인에게 줄 토지세를 마련하시느라 부모님이 고생을 많이 하시는 걸 보며 자랐다. 그래서 내게 집은 더욱 간절했는지 모른다.

결혼하고 처음 시작한 객지 생활이자 신혼집은 평택에서 월세 4,000원짜리(1975년) 사글세로 시작했다. 서울로 발령이 났다(1977년). 60만 원이 가진 돈 전부였다. 집을 구하느라고 7일간을 온 서울 시내를 동서남북으로 다 돌아다녔다. 반포, 잠실, 문정동, 오금동, 화곡동을 모두 섭렵했다. 반포 13평 아파트 전세가 300만 원이었다. 화곡동에서는 주인아저씨가 마도로스인데 아주머니가 매일 집을 비운다면서 집을 지켜 주는 조건으로 60만 원 보증금에 매월 얼마씩 월세로 달라고도 했다. 결국 집을 떠난 지 7일째 되던 날 집을 구하러 서울 간 사람이 소식이 없다고 아내가 회사로 전화를 했다.

휴대폰이 없던 시절이라 2일 후에 내가 회사로 연락을 해 보고야 그런 사실을 알았다. 객지에 새댁을 혼자 두고 9일간 집을 비운 셈이다. 지금은 이혼 사유가 충분히 될 수 있다. 결국 아내를 통해서 봉천동에 살고 계시는 처삼촌 댁 근처에 집을 구할 수 있었다. 산꼭대기에 방 2칸을 60만 원 보증금, 월세 2만 원에 구했다. 부엌도 없어 처마 끝에서 밥을 하고 연탄을 갈려면 몸집이 큰 사람은 들어갈 수도 없는 벽 사이를 헤집고 가야 했다. 그래도 서울에서 집을 구했다는 만족감에 얼마나 행복했는지 모른다. 드디어 서울생활이 시작되었다.

한번은 옆방에 거처하던 동생이 연탄가스에 중독되어 죽을 고비를 넘겼다. 장판을 들어 보니 방바닥이 거북등처럼 쩍쩍 갈라져 있었다. 시멘트를 사 와 모래와 섞어 갈라진 틈을 땜질했지만 완벽하지 않아 항상 가스 중독 위험을 안고 살았다. 2년 후에는 근처에 있던 처삼촌 댁으로 이사를 갔다. 그 집은 궁전같이 넓었다. 그런데 봉천동 맨 꼭대기 집이라 겨울에는 엄청 추웠다. 방 안에 난로도 피웠다.

둘째를 이 집에서 출산을 했다. 겨울에는 출근길에 빙판이 지면 거의 300미터를 미끄럼처럼 타고 내려와야 했다. 직장 선배의 소개로 주택청약이라는 저축을 가입했다. 2년이 지나서 개포동과 과천에 주공 아파트 분양공고가 났다. 과천에서 13평 연탄을 사용하는 아파트를 분양받았다. 평생 처음 내 집이 생겼다. 찬바람이 쌩쌩 불던 겨울에 과천으로 이사를 왔다. 우선 내 집이라 생각하니 마음이 편안했다. 몇 년을 살고 보니 모든 게 불편하다. 옛말에 "말 두면 종 두고 싶다."는 말이 있다. 집이 없을 때는 집이 크든 작든 내 집만 있으면 좋겠다고 하다가 집이 생기면 집 크기 타령이다.

좀 큰 집으로 만들어 보자고 시작한 주택조합이 거덜이 났다. 집을 못 짓는 땅을 사서 사기를 당한 것이다. 하루아침에 집 잃고 갈 곳 없는 거지가 되었다. 다시 아파트 전세로 옮겼다. 계약 기간이 지나고 전세금을 올려야 하는데 돈은 없고 할 수 없이 반지하 전세로 왔다. 다행인 것은 식구들이 모두 아빠의 처지를 이해하고 모두 자기 일에 열중해 줬다. 큰딸, 둘째 딸은 대학생, 셋째는 고등학생, 막내는 초등학생, 용케도 잘 견뎌 주었다. 나는 확신했다. 꼭 다시 집을 마련할 거라고. 그리고 가족들에게도 확신을 심어 주었다. 아빠 엄마만 믿고 살면 된다고. 결국 반지하 6년 만에 인덕원 아파트 23층을 분양받아 지금까지 23년 동안 잘 살고 있다. 욕심내지 않고 목표를 가지고 살면 된다. 너무 쉽게 이루면 쉽게 없어진다. 23층에서 바라보는 경치는 끝내준다. 관악산, 청계산, 모락산, 수리산을 모두 볼 수 있다. 앞에는 안양천이 흐른다. 서울 지하철 4호선, 월교판교선, GTX-C, 인덕원동탄선이 동시에 지나는 인덕원역이 5분 거리에 있다. 초등학교, 고등학교도 있다. 바로 이곳이 나의 보금자리라는 게 자랑스럽다.

불행무득(不行無得)

1975년 2월 18일 결혼, 1975년 3월 14일 국영기업체 입사, 1976년 1월 첫아들 사산, 1977년 2월 첫딸 출산, 1979년 서울(봉천동)로 이사, 1980년 B형간염으로 서울카톨릭대 병원 입원, 짧은 기간(5년)에 생로병사를 모두 경험했다. 또 한편 기쁨과 슬픔도 경험했다. 결혼할 때 내 나이 스물일곱, 급성 간염으로 병원에 입원했을 때 나이 서른둘, 하늘이 무너지고 땅이 꺼지는 고통을 맛보았다. B형간염은 치료가 되지 않고 평생을 보균자로 지내야 하는 무서운 병이었다. 특별한 약도 없고 무조건 영양 보충하고 과로하지 말고 그렇게 한평생을 보내야 한다?

함께 근무하는 직원들은 물론 집안 식구들에게도 혹시 전염될까 전전긍긍, 노심초사 하면서 죽을 때까지 그렇게 살아야 한다니 얼마나 비참한 인생인가? 매년 직장에서 시행하는 건강진단 결과표에는 간염 '양성'이라고 표시되어 나온다. 나는 현재 3녀 1남을 두었는데 모두 잘 자랐다. 최근에 아내에게 들은 바로는 당시에 아내는 자식을 낳지 않고 싶었고 혹시나 자식들이 간염 보균자로 태어날까 두려웠기 때문이라고 했었다. 나의 주변에 간염 진단을 받은 동료들이 하나씩 죽어 가는 모습을 보니 산다는 것이 사는 게 아니었다.

어머니는 절에 다니시면서 아들의 건강이 완쾌되기만을 기원하시다 돌아가셨다. 겨우겨우 건강을 유지하면서 지내다 간염이 발병한 지 10년째 되던 해에 건강진단 결과 '간암'이 의심된다는 결과에 너무 놀라서 서울삼성의료원에 특진을 신청하여 검사 했다. 결과는 다행히 간암이 아니라는 판정을 받았고 적극적인 치료를 시작하면서 불교에 대해서 관심을 가지기 시작했다. 주말에는 집 근처에 있는(당시 과천 거주) 보광사와 관악산 연주암을 찾아 기도를 드렸다. 너무도 절박하고 간절했기에 어머니께서 살아 계실 때 몇 번 따라 갔었던 절이 생각났고 부처님께 매달리고 싶었다. 집안의 모든 역량을 내 건강 회복에 투자했다.

세월이 흘러서 2000년 12월, 나는 부장으로 승진을 하면서 고향을 떠난 후 25년 만에 꿈에도 그리던 고향으로 금의환향을 하게 되었다. 고향에는 어머니께서는 돌아가시고 아버지 혼자서 고향 집에 계시다가 내가 고향으로 내려와서 함께 모시고 살게 되니 이보다 더 좋을 수는 없었다. 이듬해 초파일에는 아버지를 모시고 김천 직지사를 찾아 참배를 했다. 정말로 오랜만에 느껴 보는 행복한 순간이었다. 행복한 순간도 1년을 넘기지 못하고 아버지는 간경화로 세상을 떠나셨다. 나쁜 일은 동시에 일어난다는 말이 있듯이 아버지 장례를 마치자마자 나는 승진에서 떨어져 부장에서 과장으로 강등되는 수모를 겪게 되었다.

하늘이 무너지는 충격과 괴로움으로 몇 밤을 지냈다. 세상 살기도 싫어졌다. 나의 입사 동기들은 부장으로 승진한 지가 10년도 더 지났는데, 난 이제 겨우 부장 승진했다고 좋아했는데 강등이라니. 누구에게 이 답답하고 억울한 심정을 이야기할 수 있을까? 근처에 있는 남장사가 생각이 났다. 평소에 자주 다니지는 않았지만 어머님께서 살아 계실 때 말씀하시는 걸 들은 적이 있는 남장사라는 절을 무조건 찾아갔다. 부처님께서는 오늘도 변함없이 화사한 미소로 맞아 주셨다. 아무 말씀도 하시지 않았지만 그저 그 미소만으로 내 마음의 상처가 말끔히 치유가 되는 듯했다.

지금부터라도 부처님을 좀 더 가까이 좀 더 자주 뵙도록 해야겠다고 다짐했다. 본사로 복귀하면서 청계사에 신도 등록을 하고 수시로 참배를 하면서 신심을 키우고 아내는 백중기도에도 참석을 했다. 1년 후 기도 덕으로 나는 새 아파트를 분양받아 입주를 하고 부장으로 승진도 하면서 경남 사천으로 부임하였다. 근처에는 유명한 절이 많았다. 나는 주로 백천사, 다솔사, 옥천사를 자주 찾았다. 특히 사천에 있는 백천사는 우리 회사가 관리하는 토지 일부를 임대 사용하고 있어서 초파일에 회사 대표 자격으로 초청을 받아서 법회에 참석을 하는 영광을 누린 적도 있다.

집에서는 건강에 대한 소망을 담은 글귀를 써서 베갯속에 넣어 베고 잤다. 글귀는 "부처님 간염을 완치되게 하여 주십시오. 나무아미타불 관세음보살."이다. 백천사에는 세계 최대 木약사여래와불(몸 속 법당)이 모셔져 있어서 전국에서 참배객이 많이 모여 드는 곳이다. 다솔사와 옥천사도 꽤 유명한 절이다. 2003년에는 경남 창원에서 근무를 하였다. 이때는 양산 통도사와 밀양에 있는 표충사를 자주 참배하였다. 이를 테면 일정한 격식에 따른 불자 생활이라기보다 내 마음 가는 대로 언제 어디서나 생각나면 절을 찾고 기도하고 그렇게 무늬만 불자인 생활을 10년 이상 지속해 왔다.

그리고 이력서나 기타 서류상 종교를 기록하는 란에는 반드시 '불교'라고 표시했다. 2004년 창원 KBS 홀에서는 법정 스님께서 맑고 향기로운 법문을 하셨다. 이때 스님을 가까이서 뵐 수 있어서 불자로서 신심을 굳히는 데 많은 도움이 되었다. 공개홀을 가득 매운 인파는 잊을 수 없는 감동으로 남아 있고 지금도 유튜브를 통해서 당시의 법문을 듣고 있노라면 스님께서 살아 계신 듯한 착각에 사로잡힌다.

2005년 정년퇴직을 2년 앞두고 회사에서 건강진단을 실시한 결과 나는 25년 만에 '간염항체 양성', '간염항원 음성' 판정을 받았다. 내가 부처님을 굳게 믿고 따랐던 결과였다. 그동안 나와 같이 투병을 하던 10여 명의 동료 직원들은 모두 운명(殞命)을 달리하는 아픔을 겪었다. 명복을 빈다. 이때부터 나는 좀 더 열성적인 불자가 되기로 하고 2006년 하계 법주사 템플스테이(3박 4일)에 아내랑 참석했다. 법주사 부주지 스님이신 석주 스님을 계사로 수계를 받고 나는 '지월', 아내는 '명심화'라는 불명도 받았다.

2008년에 아내와 함께 법주사 템플스테이를 두 번째 참석하였다. 이때는 피부병(건선)이 엄청나게 심하고 발가락 무좀이 너무나 흉측해서 목욕도 할 수 없는 처지였는데 각우 스님(당시 법주사 총무부장 스님)께서 물놀이를 하자고 우리를 냇가로 데리고 가서서 목욕 겸 물놀이를 했다. 물론 나는 양말을 신은 채로 옷을 입은 채로 물놀이를 했다. 저녁에 다른 사람들이 다 잠든 틈을 타서 혼자서 냇가에 나와 온몸과 발을 깨끗하게 씻으며 내 몸에서 이 못된 피부병이 떨어져 나가기를 간절히 기도했다. 바로 세조의 피부병을 낫게 했다는 그 냇가다. 기도 덕분인지 그 후로 내 몸은 건선과 무좀에서 깨끗이 해방되었다. 2012년에는 아들과 함께 법주사에 템플스테이에 참여했다.

회향하는 날 현진 스님께서 스님이 지으신 『삶은 어차피 불편한 것이다』라는 책자에 친필로 사인을 하셔서 선물로 주셨다. 세월이 많이 지난 지금 언제부턴가 죽음이라는 사실에 대해서 고민 아닌 고민을 하게 되었다. 법구경 구절 중 "합회유리(合會有離) 생자유사(生者有死)"라는 말처럼 언젠가 우리는 헤어지고 죽는 목숨일진데 지금부터라도 부처님 말씀을 제대로 배우고 실천해서 부처님처럼 살아 보고 싶다는 생각을 하게 되었다. 2015년 3월에 청계사 불교대학에 등록을 했다. 강의를 하고 계시는 성담 스님께서 우리는 행복해지기 위해서 살고 행복해지려면 부처님을 롤모델로 삼아서 살면 행복해질 수 있다고 말씀하셨다.

금년 초파일에는 세 살짜리 쌍둥이 외손녀를 데리고 하루 전날 청계사를 찾았다. 자동차를 주차장에 주차하는 사이 명원 스님께서 우리 쌍둥이 손녀들을 보시고 귀엽고 예쁘다고 오색염주를 청계사 매점에서 직접 사 오셔서 손목에 끼워 주셨다. 잠시 후 명원스님을 뵙고 저의 손녀라고 말씀 드렸더니 "그렇군요. 인연이 있어서입니다."라고 말하셨다. 나는 명원스님의 불교기초교리에 강의를 들은 적이 있다. 청계사 불교대학은 1년 과정으로 주 1회 매주 화요일에 강의가 있다. 약 30명 정도가 졸업했다.

"부뚜막에 소금도 집어넣어야 짜다."는 말이 있다. "인간으로 태어나고 또 불법을 만나려면 억겁의 공덕을 지어야 한다."는 말씀도 있듯이 불법과 함께하는 모든 순간이 지금의 나에게는 정말 행복한 시간이다. 아무리 불법이 좋다는 걸 알기만 해서는 안 된다. 실천수행이 따라야 한다. 비록 재자불자로서 무늬만 갖추었지만 이제부터라도 열심히 불법을 배우고 수행하여 불자로서 부끄럽지 않은 삶을 살아야겠다고 다짐한다. 부처님 공덕으로 나와 우리 가족들 건강하고 행복하게 살고 있음에 감사한다. 이제는 이웃들도 함께 행복해질 수 있도록 포교에도 힘을 기울일 것이다. 하루빨리 남북통일이 되어서 북한 주민과 함께 잘 살 수 있는 불국정토가 되기를 기원한다.

인연

　꿈에 스님을 만났다. 꿈에 부처님을 뵐 수 있으려면 10년 이상 수행을 해야 한다고 들었다. 스님을 뵈었으니 이제 곧 부처님도 뵙겠구나 생각했다. 드디어 그 꿈을 이루었다. 꿈에서 꿈에도 그리던 부처님을 뵈었다. 부처님께서는 그윽한 미소로 나를 바라보셨다.

　내가 부처님과 인연을 맺은 것은 우리 엄마 때문이다. 엄마는 절에 열심히 다니셨다. 아버지가 워낙 무절제한 생활을 하시다 보니 엄마가 우리 4남매를 지켜 줄 방법은 아마 부처님께 의지하는 수밖에는 없었나 보다. 내가 대학교 다니고 동생들이 중·고등학교 다니던 어느 여름 방학 때 일이다. 엄마는 수박과 먹을 것을 준비하셔서 우리 4남매의 여름 피서지로 데려간 그 곳이 바로 엄마가 다니시던 '용운사' 근처 계곡이었다. 지금도 행복한 그 시절의 추억 때문에 우리 4남매 이렇게 행복하게 살 수 있지 않은가 싶기도 하다.

　대학을 졸업하고, 군대를 갔다 와서 결혼도 하고 남들이 부러워하는 직장도 잡았고 사랑하는 첫째 딸도 얻고 또 공인회계사 시험을 준비하면서 마냥 꿈을 키워 가던 어느 날 나에게 닥쳐온 '황달', 강남성모병원에서 '급성간염'이라는 진단을 받고 입원을 했다. 치료 방법이 없고 잘못하면 '흑달'로 변하면 죽을 수도 있다. 완치는 어렵고 평생을 간염 보균자로 살아야 한다는 의사의 말씀은 직장 생활을 하는 나에게는 사형 선고나 마찬가지였다. 병원에 있을 때 교회나 성당에서는 열심히 전도를 왔다. 나에게는 '오직 삶과 죽음의 경계에서 어떻게 남은 인생을 살아야 할까?' 하는 고민이 생겼다. 그것은 오직 나 스스로가 해결해야 할 문제임을 알았다.

누구에 의지해서도 누구를 믿어서 될 일은 아닌 것을 알았다. 내 문제는 내가 해결할 수밖에는 없다. 특히 건강에 관한 문제는 더욱 그렇다. 나는 평생 보이지 않는 환자로 지내야 한다. 지금 생각해 보면 내가 환자였기 때문에 겸손해지고 조심스러워지고 교만하지 않을 수도 있었다. 건강에 대한 소중함을 일찍 알았기에 지금의 건강한 내가 있을 수 있었다고 믿는다. 이런 생각에는 항상 나도 모르는 부처님 사상이 깔려져 있다는 걸 느낀다.

이러한 생활이 계속되면서 내 나이 마흔을 넘기고 드디어 과장으로 승진을 하면서 더욱 더 힘든 직장 생활이 계속

되었다. 정말로 힘든 시기였는데 엄마의 간절하신 기도 덕분에 나는 살 수 있었다. 그런데 어느 날 갑자기 엄마는 한마디 유언도 못 하시고 부처님 나라로 떠나갔다. 엄마의 기도는 정말로 간절했다. 절에 가시는 날은 초하루, 보름, 정해져 있었지만 집안 장독대에는 항상 정안수가 놓여 있었고 누구보다 자식의 건강을 염원했다.

그 후 부장으로 승진을 하고 행인지 불행인지 고향(어머니는 돌아가시고 아버지 혼자 계시는)으로 전보 발령을 받았고 함께 생활하면서 아버지 모시는 일에 전념을 했다. 그런데 이상한 일이 일어났다. 부장 승진 1년 후 아버지께서 돌아가시고 아버지가 돌아가신 지 3일 만에 나는 부장에서 과장으로 강등되었다. 강등된 상태로 다시 본사로 전보되었다. 살기조차 싫었다. 고향에서 이런 수모를 당하고 아버지마저 세상을 떠나시니 고향과의 인연도 이것으로 끝난 것이 아닌가하는 생각이 들었다.

이때 문득 나를 지켜 줄 누군가를 생각했다. 부처님. 초파일이면 가끔씩 엄마를 따라서 가던 절에 계시는 부처님이다. 막연하지만 부처님은 나를 버리시지 않고 따스하게 보듬어 주실 것 같은 기분에 가까운 사찰 '남장사'를 찾았다. 아무도 없는 적막한 산속에 홀연히 자리 잡은 '남장사',

초등학교 소풍 코스로 각광받던 곳이 지금 나에게 가장 소중한 안식처가 될 줄이야. 대웅전에 들러 삼배를 올리고 무조건 경내를 걸었다. 산새들이 지저귀고 풀잎들도 나를 위로해 주는 듯했다. 힘내라고 승진이 인생의 전부가 아니라고. 아버지도 더 오래 사시면 좋기는 하겠지만 어차피 인생은 끝이 있는 것인데 1년간 그나마도 효도를 했으니 얼마나 다행한 일이냐고……. 나를 한없이 위로해 주는 것 같았다. 내 나이 쉰에 접어들도록 나에게 이렇게 든든한 '빽'이 있는 줄 몰랐다. 나에게 이렇게 큰 위안과 소중한 가르침을 주시는 부처님께서 나의 든든한 '빽'이었다는 사실을 뼈저리게 느끼고 나니 왠지 몸과 마음이 가벼워지고 자신이 생겼다. 그렇다. 나에게 시련은 바로 기회가 될 수도 있다. 부처님을 믿자. 그분은 나를 결코 버리시지 않을 것이다. 지금부터는 모든 것을 부처님께 맡기자. 막연하던 부처님이 실체로 내게 다가오셨다. 부처님께 귀의하고 1년 후 정식 부장으로 승진하여 경남 사천으로 발령을 받았다.

나는 일요일 오후에 집에서 출발해서 근무지인 사천으로 가는 데 약 5시간을 운전을 해야 했다. 집에서 출발할 때 인근 청계사에 들러서 "잘 다녀오겠다."는 기도를 드리고 토요일 오후에 집에 올 때도 집에 오는 길에 청계사에 들러서 부처님께 "한 주일 동안 잘 돌보아 주시고 오는 길 지켜 주셔서 무사히 다녀왔습니다."는 기도를 드렸다. 지방에 근무한 3-4년 동안 꼭 빠지지 않고 기도를 드린 탓인지 그 먼 길을 시도 때도 없이, 눈비를 헤치면서 100km 제한속도 이상으로 다녔는데도 접촉 사고 한 번 없이 무사하게 근무를 끝마칠 수 있었다.

또 급성 간염이 항체가 형성되지 않고 계속 간염을 보균한 상태의 반 환자 상태였기에 내 건강을 잘 지켜 주십사 기도했다. 경남 사천과 창원 근무지 인근에 있는 사찰인 '백천사, 옥천사, 다솔사'를 번갈아 가면서 틈만 나면 가서 열심히 기도했다. 집에 오면 벽에는 부처님 사진을 모셔 두고 베개 속에는 "부처님, 저의 간염을 완치되게 해 주소서."라는 문구를 적어서 항상 베고 자기도 했다. 어쩌면 건강에 대한 나의 마지막 간절한 소원이었는지도 모른다. 부처님께서 꼭 들어 주시리라 믿고 기도하고 기도했다. 매년 실시하는 건강진단에서 역시나 간염은 완치되지 않았다.

2006년. 난생처음으로 아내랑 충북에 있는 '법주사' 템플스테이에 참가했다. 절에서 먹고 자는 일은 머리털 나고 처음 경험한 일이었다. 수계도 받았다. 불명은 '지월', 법주사 부주지이신 석주 스님께서 내려 주신 이름이다…. 아내는

'명심화'다. 그해 건강진단 결과 "간염 완치, 항체가 생성되었다."는 결과를 얻었다. 100명 중에 2-3명만이 항체가 형성된다는데 25년 만에 내 몸에서 기적이 일어났다. 내 몸에 간염 항체가 생겼다는 놀라운 사실이다. 부처님께 정말로 고맙다고 수천 번 외쳤다. 부처님께서 나의 간절한 소망을 들어주신 것이다. 2007년 12월 31일, 드디어 32년간 다니던 직장에서 정년을 맞이했다. 2008년 1월 1일. 나는 한 가지 원을 세웠다. 오늘부터 죽을 때까지 매일 아침 108배 참회를 하겠다고.

2008년 1월 1일 아침 6시 불교TV에서 방영되는 아침 예불에 맞춰서 108배를 처음 시작했다. 부부가 함께하는 해외여행 시는 다른 일행 부부와 방을 따로 썼다. 아내가 이해를 하기 때문에 외국 여행 중(중국, 베트남)에도 108배를 마음 놓고 할 수 있었다. 친구들과 함께한 백두산 여행, 대학원 동기들과 함께한 일본, 베트남, 중국 여행 시는 친구들이 쇼핑 가거나 없는 틈에 숙소에 혼자 남아 108배를 했다. 일본에서는 화장실에 혼자 들어가서 108배를 하기도 했다. 국내 출장 시에는 다른 직원들과 함께 있으면 아침 108배를 못하기 때문에 사비를 들여 방을 따로 예약해서 썼다. 어쨌든 기억하기로는 지금까지 하루도 빠지지 않고 108배를 해

오고 있다.

그 후로 2008년도 법주사 템플스테이에 아내와 한 번 더 참석하고, 2012년 법주사 템플스테이에는 아들과 함께 참여했다. 쉰여섯에 시작한 대학원 공부를 마치면서 석사 학위 논문을 쓰는 데 가장 먼저 생각나는 분이 바로 부처님이었다. 정년퇴직을 하고 나서 개인 회사로 옮겼기 때문에 비교적 아침 시간이 여유로워 불교TV를 열심히 보게 되었다. 불교TV는 그야말로 전천후 법당으로 언제 어디서나 TV만 있으면 볼 수 있고 들을 수 있고 예불도 올리고 독경도 할 수 있어 너무너무 좋아하는 방송이 되었다. 내가 TV 보는 시간의 거의 절반 이상은 불교TV를 보는데 우리 가족들도 이제는 너무나 익숙해져 있어서 마음 편하다.

2010년 9월에는 조계종 총무원에서 나에게 스님들을 대상으로 강의 요청이 들어왔다. '사찰 농지, 임야 활용'이라는 과제로 공주에 있는 태화산전통불교문화원에서 강의를 하는 소중한 인연을 맺게 되었고 2011년에는 스님들 하반기 연수 교육으로 '사찰 농지, 임야 활용'과 '마케팅' 강의까지 함께하는 영광을 얻기도 했다. 나는 이 모든 것이 부처님께서 베풀어 주신 너무나 소중한 인연 때문이라고 믿는다. 나의 일상은 5시에 일어나서 불교TV를 켜서 아침 예불과 〈우리 절, 우리 스님〉, 정목 스님의 〈나무 아래서〉 등 나오는 그때그때 편성된 프로를 보고 108배 참회를 한다. 별다른 일이 없으면 『천수경』이나 『반야심경』 사경을 하거나 독송을 한다.

이제는 나에게서 부처님을 빼면 생활이 안 될 정도로 내 생활 깊숙이 들어와 계신다. 언젠가 경찰서에서 피의자 신분으로 나를 조사를 하던 수사관이 종교가 뭐냐고 묻기에 '불교'라고 대답했다. 그 수사관은 당신의 어머님도 불교 신자라고 하면서 태도가 엄청나게 공손해졌다. 부처님 이름은 언제 어디에나 존재하심이 분명하다. 성철스님께서 책에서 말씀하신 "질량불변의 원칙", "합일의 원칙"은 불교사상을 과학적으로 입증하는 이론이라는 말씀은 내가 불교에 입문하는 데 결정적인 확신을 심어 주었고 창원 KBS 공개홀에서 뵈었던 법정 스님의 인자하신 법문과 무소유도 나에게 적지 않은 감동으로 남아 있다.

그러나 아직까지도 오계를 엄격하게 지키지 못하는 불제자가 되다 보니 무늬만 불자인 것이 너무 안타까웠다. 용기를 내어 청계사 불자기본교육을 마치고 1년 과정의 불교대학에 등록했다. 2015년 2월부터 매주 1회 4주간 기본교육을 받았고 같은 해 3월 10일 정식으로 '청계사불교대학 입문식'을 가졌다. 부처님과 인연을 맺고는 모든 일이 잘된다. 가족들 모두 건강하게 지내고 손자손녀들도 잘 자란다. 더 이상 바랄 것이 없다. 천 개의 손과 천 개의 눈으로 우리 인 간을 두루두루 보살피시고 안 계신 곳이 없으신 부처님과 인연됨이 너무너무 다행이다. 지금은 포교사 자격도 취득 했다.

졸업이란 끝나는 것이 아니라 또 다른 시작이다

우리 집안에서 내가 어릴 때(60년대) 유일하게 4년제 정규대학을 가신 삼촌 한 분이 있었다. 삼촌이 나의 초등학교 졸업 선물로 안전 일기장을 선물해 주셨다. 보내 주신 '안전 일기장(당시로서는 매우 비싼 자물쇠까지 달린 안전한 일기장)' 속에 적혀 있던 "졸업이란 끝나는 것이 아니라 또 다른 시작이다."라는 말은 지금까지도 내 가슴에 새겨져 잘 쓰는 말이 되었다. 군대 제대할 때도 "제대란 끝나는 것이 아니라 또 다른 인생의 출발이다.", 직장에서 퇴직할 때도 "퇴직이란 끝나는 것이 아니라 또 다른 인생에 대한 도전의 시작이다." 등 참으로 좋은 말이다.

세상에 끝이란 없다. 시작만이 있을 뿐이다. 삼촌은 이 말 한마디로 나에게 엄청나게 큰 선물을 주셨다. 그래서 나는 결코 어떤 일이던지 끝이라고 생각해 본 적이 없다. 직장에서 일할 때도 어떤 한 개의 프로젝트가 끝나면 다른 직원들은 그것을 즐기기에 바쁘지만 나는 또 다른 프로젝트를 준비하곤 했다. 공기업이기 때문에 창의성을 중요시하지 않았다. 하지만 내 나름대로는 지금까지도 직장에 대한 긍지와 자부심을 가지고 있다.

결국은 인생도 돌고 도는 것, 끝도 없고 시작도 없는 것이 인생이요 천지자연의 이치다. 그렇다 보면 나는 너무나 소중한 말씀을 어린 나이에 일찍이 깨우친 것 같아 매우 행복하다. 이러한 나의 생각 때문인지 나의 이력은 매우 특이하다. 초등학교 졸업, 중학교 입학(신설된 중학교에 120명 중 9등으로 입학, 등록금 반액 감면 장학생), 농업고등학교 입학, 대학교 낙방했다. 담임선생님께서는 경북대학교 농학과 지원 정도 성적이라고 하셨는데 다른 반 선생님 와이셔츠랑 선물 사 들고 가서 경북대학교 법학과를 지원했다. 당시는 법관이 되는 것이 꿈이었다. 굳이 법학과가 아니라도 사법시험을 보면 되는 걸 몰랐다. 1년 동안 재수 아닌 재수, 재수하는 동안 근처 초등학교에 교사가 부족하여 빡빡머리로 초등학교 임시 교사를 6개월 하였다. 우연하게 나의 초등학교 3학년 둘째 동생의 담임을 맡게 되었다.

다시 대학 입시에 도전했다. 집에서는 어림 반 푼어치도 없는 소리라며 돈 적게 드는 교육대학을 적극 추천하였으나 교육대학은 시험도 어렵고 2년제였다. 나는 4년제를 원했다. 먼저 특차로 계명대학교 전면 장학생 선발고사에 응시하였으나 낙방했다. 그 후 경북대 사범대 영문학과에 원서를 작성하였다. 원서 마감 당일 눈이 엄청나게 내려서 차가 시골에서 대구까지 갈 수가 없어서 결국 입학 원서 제출하지 못했다. 전기 대학에 원서를 접수하지 못했다. 후기는 전부 사립대여서 등록금 부담이 커서 4년제를 지원하지 못하고 2년제 초급대학 상과에 반액 장학생으로 입학, 2년 동안 계속 등록금 반액 장학금을 받았다.

2월에 졸업하고 6월에 군에 입대했다. 국민의 4대 의무 중의 하나인 국방의 의무를 꼭 마치고 싶었다. 논산훈련소 기초 교육 6주, 후반기 AR자동소총 분대장 교육 4주, 여산 제2부사관 학교 기술행정하사관 교육 8주, 원주통신훈련소 가설통신교육 16주, 총 34주(약 9개월간) 교육 마치고 하사로 임관, 일반 하사로 병과 같이 근무, 전역했다. 지방공무원 공채로 상주시 지방공무원 9급으로 면사무소에서 1년 6개월 근무, 한국농어촌공사에 입사하여 32년간 근무하고 정년퇴직했다.

농촌공사 근무 기간 중에 초급대학 졸업 후 거의 15년이 지나고 나서 서울대학교 부설 한국방송통신대학교 학사 과정 5년제 경영학과에 3학년 편입하여 1기로 졸업하여 경영학사 취득했다. 한국농어촌공사 퇴직 1년 앞두고 대학교 졸업 후 20년 만에 56세의 나이로 서울시립대학교 경영대학원에 입학, 58세에 경영학 석사 취득했다. 퇴직 3년 전 퇴직 후 진로를 위해서 경영지도사 19회 시험에 응시, 인적자원관리 분야에 합격, 경영지도사 업무로서 소상공인컨설팅과 중소기업경영컨설팅, 농업경영컨설팅을 했다.

이렇게 보면 나의 이력에는 한 번도 끝이라는 건 없다. 거의 새로운 인생의 연속이었고 지금도 마찬가지이다. 경영학 박사(2014년 공주대학교 박사 과정 지원, 낙방) 취득, 경영컨설팅 법인화, 일본어 마스터(2014년 일본 방문 기회가 있었는데 일제 때 우리나라에서 교편을 잡았던 일본 후쿠오카 사시는 할아버지를 비행기에서 만났다. 그분도 70세에 한국에 오기 위해서 한국말을 배웠다고 하셨다.)가 이제 내가 해야 할 새로운 시작이다.

또 무엇인가 새로운 일을 시작해야 할 시간이 왔다.

고향 인심이 그립다

몇 년 전 고향에 갈 일이 있었다. 아내가 시골 내려온 길에 고추나 몇 근 사 가자고 해서 알고 지내던 먼 친척 동생이 운영하는 방앗간에 들렀다. 여기서 뜻밖의 이야기를 들었다. 농부들이 고추를 생산할 때 자신들과 가족들이 먹을 고추와 시장에 팔 고추는 구분해서 재배한다는 것이다. 자기 가족들이 먹을 고추에는 농약이나 비료도 쓰지 않고 재배하지만 시장에 팔 고추는 보기 좋고 색깔 좋아 상품 가치가 높도록 농약도 많이 치고 비료도 많이 준다고 했다. 사실 이와 같은 일이 새삼스럽지는 않았지만 직접 듣고 보니 황당했다. 그렇더라도 30근을 샀다. 설마 내가 사는 고추는 그렇지 않을 것이라 믿었다.

내 고향은 배가 유명하다. 어릴 적 내 고향은 쌀농사 외에는 다른 작물은 거의 자급자족할 정도로만 농사를 지었다. 지금은 농가마다 단일 품목으로 오로지 팔아서 돈을 벌기 위한 농사를 짓는다. 그러다 보니 돈 되는 작목으로 '배'를 재배하는 농가가 늘었고 수출까지 한다고 했다. 언젠가

추석 무렵 고향에서 '배'를 사서 차례용으로 올린 적이 있었
다. 차례 후 친척들이 배를 먹어 보고 모두 한마디씩 했다.
배 맛이 완전히 돌덩이 같았다. 이유인즉 계절적으로 추석
이 빨리 오는 해에 배는 조생종을 써야 하지만 공급량이 절
대적으로 부족하다 보니 만생종에 성장촉진제를 주사해서
크기와 겉모양만 좋게 만들어 추석 대목에 출하하기 때문
에 그렇다고 했다. 결과적으로 농민들은 알고 팔았다는 얘
기다. 이상해할 일도 아니다.

어릴 적 먹던 제철 과일 맛은 찾아보고 싶어도 찾을 수가
없다. 다른 농가보다 조금이라도 일찍 시장에 출하하기 위
해 하우스에서 재배하기 때문에 제철 과일은 없다고 보면
된다. 다만 다년생으로 노지 재배만 가능한 감이나 밤 등은
제철에 수확을 한다. 다른 농산물은 거의 모두가 하우스 재
배로 연중 수확이 가능하다. 그러다 보니 모든 과일이 본래
의 맛이나 모양보다는 우선 크고 성장이 빠르고 빛깔만 좋
은 과일을 생산하게 되는 것이 보통이다. 소비자는 모양이
나 빛깔, 크기만 보고 농민을 믿고 살 뿐이다.

논농사도 그렇다. 벼는 물이 없으면 농사를 지을 수 없
다. 따라서 물 관리가 필수적이다. 수리시설이 현대화되기
전에는 물 관리는 농부들 개개인이 알아서 했다. 논마다 조

그만 웅덩이가 있었고 두레박으로 퍼 올렸다. 가뭄이 오면 물 때문에 싸움질하기가 다반사였다. 지금은 국가기관이 관리해 주는 저수지 물을 사용한다. 그것도 공짜로 공급해 준다. 일본이나 선진국의 경우는 논에도 물 사용 계량기가 달려 있다고 한다. 우리나라의 경우 저수지 근처에 있는 논은 물을 펑펑 풍족하게 쓰다 보면 낭비되는 물이 많아 끝에 있는 논에는 물이 부족한 경우가 많다. 특히 가뭄이 드는 경우에는 물 한 방울이 농부들에게는 피 한 방울과 같다. 아끼고 함께 나누어 쓰자는 생각이 중요하다.

내가 어릴 때 기억의 농촌은 추수가 끝나고 나면 집집마다 그해 농사 중 가장 건실하고 모양도 좋은 씨를 골라서 보관해 두었다가 다음 해에 종자로 사용했다. 그러다 보니 집집마다 모든 종류의 씨앗들이 대를 이어서 전해질 수 있었다. 지금은 종묘 회사가 대량으로 묘목을 생산해서 공급을 하다 보니 집집마다 똑같은 종류의 농산물이 생산이 되고 있다. 나쁘게 말하면 농업이 단순히 농산물을 생산하고 판매하고 사 먹고 하는 일련의 경제 활동의 한 분야로 전락해 버렸다. 차별화된 농산물이 없다는 얘기다.

나는 고등학교를 농잠고등학교를 다녔다. 당시에는 양잠 산업이 매우 각광을 받던 시절이었다. 학교 내에 뽕밭도 있었고 누에를 키우는 잠실도 있었다. 또 누에고치를 삶아 명주실을 뽑아내는 제사 공장도 있었다. S대학교에는 누에만 전공하는 잠사학과가 있었다. 그러나 불과 40~50년이 지난 지금은 제사 공장은 전국적으로도 몇 개 없을 뿐 아니라 뽕밭도 뽕잎 칼국수를 만들기 위해서 재배하는 정도만 존재하고 있다니 슬픈 일이다. 잠업을 전공한 농학도로서 책임을 느낀다. 지금은 농업의 경쟁력을 높이기 위해 생산에서 유통까지 전 과정을 농부들이 직접 수행하고 있다.

물론 이렇게 하면 유통 구조가 축소되어 농민들은 제값을 받고 소비자는 싼값에 신선한 농산물을 구입할 수 있어서 농민과 소비자 모두가 상생하는 길이 될 수는 있다. 그러나 그러한 제도의 혜택을 소비자는 누리지 못한다. 생산량이 줄면 값이 오른다. 생산량이 늘어서 값이 떨어지면 정부가 보조해 준다. 소비자는 왕이 아니라 봉이다. 소비자의 입장에서 곰곰이 생각해 볼 일이다. 농산물에서 나는 이익은 결국 유통 업자나 농민들만 좋고 소비자는 항상 봉이다. 다른 산업도 마찬가지겠지만 특히 농업을 경영하는 농민은 정직해야 한다. 옛날에는 농촌과 농민을 가리켜 순박하고 순수하다고 했다. 지금은 이 말이 그대로 통하지 않는다. 이제는 농촌도 농민도 없다. 농촌과 도시의 구분도 없다. 농촌의 생활도 모두 도시화되어 가고 있다.

이제 농민들도 따로 없다. 일손이 필요하면 도시의 일용 근로자들을 품삯을 주고 사 온다. 농사를 짓는 데 특별한 기술이 필요 없어졌기 때문이다. 기계가 농사일을 대신한 다. 일부 품목을 제외하면 자기만의 특별한 노하우나 기술도 필요하지 않다. 옛날에는 내가 생산한 농산물을 소비하는 사람을 대강은 알고 있다. 교통이 발달되지 않아 대체로 지역에서 생산된 농산물을 그 지역에서 소비되기 때문에 자기가 생산한 농산물에 대한 자부심도 대단했고 누가 소비하는지도 대충은 안다.

우리 아파트 근처에 규모가 제법 큰 마트도 있고 또 백화점과 유명 대형 마트들도 있다. 그 와중에 아파트 한 모퉁이에 포장 친 초라한 과일 가게까지 있다. 나는 과일을 살때는 꼭 아파트 모퉁이에 있는 초라한 과일가게에서 산다. 이유는 간단하다. 품질이 좋다. 과일에 대한 생산 이력을 훤히 알고 설명해 준다. 이번 과일은 날씨 관계로 값이 오르면 오른 이유를 알려 준다. 또 값이 떨어지면 떨어진 이유에 대한 정보도 준다. 먹어 보면 싱싱하다. 길에서 판다고 아무렇게나 구매하는 그런 물건이 아니다. 분명히 이 과일가게 사장님이 거래하는 농부는 정직한 농부일 것임이 분명하다. 과일가게 사장님은 정말로 정직하신 분이다. 과일가게 사장님이 바쁘신 어떤 날은 대학생 아들이 나와서 대신 가게를 본다. 손님이 없을 때는 어려운 전공서적을 과일가게 한구석에 펴 놓고 공부를 하는 모습도 보았다. 어쩌면 몇 십 년 후에는 대형 마트를 거느린 회장님이 되어 있을지도 모른다는 생각을 해 본다.

우리나라도 이제는 고도로 산업화되어 지방은 있어도 시골이나 농어촌은 없다. 모든 생활 방식에서부터 주거 문화, 음식 문화까지도 도시화되었기 때문에 농촌다운 농촌, 어촌다운 어촌, 농부다운 농부는 없다. 그래도 우리 가족과 이웃들은 정직한 농부가 생산한 신선한 농산물을 착한 가게 사장님으로부터 구입해서 마음 놓고 먹을 수 있는 그날이 왔으면 좋겠다.

어른 말씀 잘 들으면 자다가도 떡이 생긴다

　나는 경기도 안양(인덕원)에서 살고 있다. 현재 아내와 1 남 3녀, 그리고 3명의 외손녀와 4명의 외손자를 둔 74세 된 노년이 행복한 '할빠(할아버지 아빠)'이며 영원한 청춘이다. 나는 지금부터 74년을 살아오면서 어른들이나 스승님, 선 배들께서 내게 해 주신 말씀 중 가슴속 깊이 간직하고 지키 면서 살아온 과정을 소개한다. 우리나라 속담에 "어른 말씀 잘 들으면 자다가도 떡이 생긴다."는 말이 있다. 그렇다. 내 이야기는 절대로 자랑이 아니다. 어려운 시절, 젊은 시절 누 구나 현실에서 놓치기 쉬운 어른들 말씀을 귀담아 들으시 라는 부탁의 뜻이다. 특히 요즘처럼 어른들 말씀을 잘 듣지 않는 젊은 세대들은 귀담아 들을 필요가 있겠다.

　나는 초등학교를 일곱 살에 입학했다. 학교와 우리 집이 바로 붙어 있었기 때문에 집에서 노는 것보다 학교 운동장 에서 노는 시간이 더 많았다. 시골에서 부자 소리 들으면서 잘살았다. 할아버지께서 급환으로 일찍 돌아가시자 세상 물정 모르시던 아버지께서 가업을 이어받아 재산을 지키지 못하고 도박으로 탕진했다. 또 아버지께서 면장 선거, 통일주체국민회의대의원 선거 등 모든 지방 선거에 출마했다. 모두 낙선만 하시는 바람에 우리 집 형편은 더욱 어려워졌다. 공교롭게도 초등학교를 졸업하던 해 1962년에도 면장 선거가 있었고 차점으로 낙선을 하셔서 집안 형편은 말이 아니었다. 끼니가 없어서 어머니께서 외가에 가셔서 끼니거리를 구했다. 겨우겨우 입에 풀칠을 할 수 있었던 때였다. 중학교 진학할 형편은 되지 않고 진학은 하고 싶었다.

때마침 서울에서 대학을 다니시던 삼촌께서 안전 일기장(자물쇠가 붙어 있음, 당시로서는 최고급 일기장)과 pen-man ship(영어 연습장)을 선물로 보내셨다. 안전 일기장 첫 장에 **"졸업이란 끝이 아니라 또 다른 새로운 시작이다."**라는 문구도 함께 있었다. 별다른 생각 없이 보면 그냥 지나칠 수도 있다. 내게는 머릿속을 후려치는 엄청난 충격을 주는 말이었다. 그렇다. 졸업했다고 여기서 끝나서는 안 된다. 시작하자. 어떤 수단을 쓰더라도 중학교 진학을(당시에 초등학교 졸업생이 120명 정도인데 중학교 진학은 30명 정도였음) 하는 것이 내가 살 수 있는 길이다. 부모님께 졸랐다. 덕분에 초등학교 선생님이신 먼 친척 아저씨(당시 초등학교 교사)께 부탁을 드려서 입학금을 마련할 수 있었다.

다행히 입학 성적도 좋아서 입학금 절반을 면제받았다. 어렵게 중학교에 진학, 마침내 졸업을 하게 되었다.

졸업 기념으로 받은 비망록 중에 영어 선생님께서 저에게 주신 써 주신 "Knock the Door. and Open the Door. (두드려라. 그러면 열릴 것이다.)", "Where, there is a will, there is a way. (의지 있는 곳에 길이 있다.)" 이 두 마디였다. 누구나 다 할 수 있는 말이고 언제나 필요한 말이다. 하지만 내겐 가장 적당한 시기에 내게 용기를 준 훌륭한 말씀이었다. 평생 전기은 영어 선생님은 잊을 수가 없다. 말 한마디가 글귀 하나가 한 사람의 인생을 좌우하는 것이다. 나는 이두 마디 말 때문에 항상 적극적으로 행동할 수 있었다. 언제나 이루고자 하는 목표를 분명히 하고 나아가는 습관을 가지게 되었다.

무조건 대학을 진학해야겠다는 생각으로 고등학교도 무리하게 진학했다. 고등학교는 등록금 다소 싼 공립 고등학교인 농업고등학교에 진학하였다. 집안 사정은 점점 더 어려워지기 시작했다. 동생들도 초등학교, 중학교를 진학하게 되니 돈 들어갈 일은 더 많아지고 대학 진학의 꿈은 점점 더 어려워졌다.

그럴 때마다 **"졸업이란 끝이 아니라 또 다른 새로운 시작이**

다.", "두드려라. 그러면 열릴 것이다.", "의지 있는 곳에 길이
있다."라는 말이 항상 내 머릿속에 있었다.

고등학교를 졸업하고 K대 법대 입학시험에서 낙방했다.
G대 전면 장학생 선발 시험에도 응시하여 낙방을 하였다.
그렇다. 할 수 있는 모든 시도를 해 본다. K대는 국립대여
서 합격만 하면 아르바이트로 등록금을 마련할 수 있다. 하
지만 10명을 선발하는 아주 어려운 대학이다. G대는 4년
간 전액 장학금을 지급하는 조건이어서 합격만 하면 되는
데 낙방을 하고 말았다. 결코 후회를 하지 않는다. 왜냐하
면 나의 의지로 두드린 문이 열리지 않았을 뿐 나는 최선을
다했기 때문이다. 그렇다고 쉽게 물러설 내가 아니다. 아버
지는 교육 대학을 가라고 했다. 교대는 등록금도 적고 군도
면제되고 졸업하면 100% 취업도 보장된다. 입학하기가 쉽
지도 않았지만 왠지 아버지가 시키는 대로 하기가 싫었다.

1년을 재수하여 결국 Y대 병설 2년제 초급대학에 입학을
했다. 돈이 없으니 4년제 사립 대학교는 합격해도 다니기가
어렵고 4년제 국립대학은 입학이 어려워 고육지책으로 택
한 결과였다. 다행히 대학 입학 성적이 좋아 입학금 절반을
면제받았다. 재학 중에도 계속 성적우수장학금을 받았다.
여기서 또 훌륭한 교수님을 만나게 되었다. 김태환 회계학

교수님이다. Y대 상학과 학과장님이신데 우리 학교에 회계학 시간강사로 오셨다. 1970년 당시에 김 교수님의 말씀 중에 **"앞으로 여러분의 시대인 21세기는 졸업장보다는 전문가 시대가 올 것이다. 여러분도 어느 한 분야의 전문가가 되어야 한다."** 그게 바로 40-50년 후인 지금의 현실을 미리 말씀해주신 것이다.

이때부터 나는 각종 국가자격증에 관심을 가지기 시작했다. 내가 응시해 본 자격증 시험은 '공인회계사', '공인노무사', '공인감정사', '주택관리사', '세무사', '경영지도사', '유통관리사', '공인중개사' 등등이다. 이 중에 주택관리사, 세무사, 공인노무사는 1차 시험까지만 합격했다. 지금은 경영지도사, 공인중개사, 유통관리사 자격증을 취득했고 경영지도사로서 프리랜서로 활동 중이다. 김 교수님은 내 인생의 영원한 멘토이며 처음이자 마지막 등불이 되었다. 젊었을 때 어른이나 선생님께서 하시는 말씀 어느 한 구절이라도 기억하고 실천하라. 결국 인생의 큰 행운을 가져다줄 것이다.

새벽이 오는 소리

　이제 한 달 후면 위암 수술을 받아야 한다. 아무리 의술이 발달되었다지만 큰 수술인 만큼 마음이 몹시 불안하다. 온 가족이 나 하나 때문에 온통 좌불안석이다. 잠시나마 몸과 마음의 휴식을 가지고자 시골을 찾았다. 아내도 동행을 했다. 시골에는 시청에서 운영하는 삼림욕장과 사우나가 있다. 이웃마을에 살고 계시는 처이모님과 처가 친척 언니도 모셔 왔다. 위암 수술을 받아야 된다는 얘기를 들으신 두 분은 걱정이 이만저만이 아니셨다. 공연히 걱정만 끼쳐 드린 것 같아서 죄송했다. 저녁을 먹고 사우나를 하고 나니 야외 음악당에서 가수를 초청하여 노래자랑대회를 하고 있었다. 맥주도 한잔하면서 흥겹게 지내다 보니 아픈 것도 잠시 잊어버렸다.

　우리는 자정이 넘어서야 잠자리에 들었다. 잠이 쉽게 오지 않았다. 겨우겨우 잠이 들었지만 새벽 4시경에 잠이 깼다. 야외 마당에 있는 마루로 자리를 옮겼다. 새벽이라 다소 쌀쌀했지만 어둠에 묻혀 있는 산봉우리를 보면서 수술이 잘되기를 빌었다.

드디어 서서히 어둠이 걷히기 시작했다. 먼 산 가장 높은 등성이가 어렴풋하게 모습을 내민다. 새벽 4시. 이름 모를 새 한 마리가 "딱딱 따다닥 딱딱 따다닥." 소리를 보탠다. 높은 산등성이 아래 묻혀 있던 작은 등성이가 자기도 있다는 걸 알리려고 하듯이 살포시 고개를 내밀었다. 어디선가는 기다렸다는 듯 살랑거리는 바람이 너무 사랑스럽다.

순간 나는 자연과 하나가 되었다. 이 세상 그 무엇도 부럽지 않은 부자가 되었다. 이름 모를 산새는 자기의 노래를 받아 줄 후속타를 애타게 찾고 있다. 산새들 소리도 잠시 멈췄다. 이제 먼동이 터오겠지? 또 한 겹의 산등성이가 포개어진다. 점점 어둠에서 벗어나 본래의 모습으로 돌아오고 있다. 시꺼멓기만 하던 사방이 어쩌면 이렇게 아름다운 모습으로 변할 수 있을까? 자연의 마술이 신비롭기까지 하다. 먼 하늘이 연붉게 먼동을 틔운다. 또 다른 산새가 울음 노래를 준비한다. 먼저 울음으로 노래한 산새가 응답을 한다. 여기저기서 뒤질세라 노래한다. 곧 합창으로 변한다. "딱딱, 똑똑, 꾸꾸, 부엉, 지지, 비비." 지금 이 순간이 아니면 어디서도 다시 들을 수 없는 자연의 합주곡, 베토벤도 슈베르트도 이보다 더 아름다운 곡을 만들 수 없을 것이다.

깊은 숲속 골짜기 누구도 알아주지 않는 곳에서 작은 산새들이 모여서 이렇게 아름다운 합창을 할 수 있다니 순수한 자연이 경이롭다. 산새들은 신이 났다. 이 산 저 산 옮겨 다니며 맘껏 노래한다. 드디어 온 세상이 눈에 들어온다. 얼마간 시간이 더 지나면 더럽고 지저분하고 헝클어진 세속의 모습들이 드러날 것이다. 새벽 5시 지금 이 순간에서 영원히 머무르고 싶다. 지금 이 순간을 놓치고 싶지 않다.

현실로 돌아왔다. 그 곱던 산새들의 합창도 이제는 생활 소음에 묻혀 버렸다. 그래도 우리에겐 또 내일이 있어 행복하다. 어둠은 걷히려고 있는 것이기에 어둠도 좋다. 먼동이 튼다. 어둠이 걷혔다. 또 다른 하루가 시작된다. 시간이 지나면 어둠은 또 찾아온다. 그리고 그 어둠은 또 걷힌다. 어쩌면 똑같은 일상의 반복 같지만 같은 것은 하나도 없다. 지금 이 시간이 난 참 행복하다. 왠지 수술이 잘될 것 같은 기분이 들었다. 이 행복이 계속되기를 마음속 깊이 기도하고 기도했다. 언젠가 다시 이런 행복한 시간이 나에게 주어질 것이라고 굳게 믿었다.

옛날이야기

　근무처가 본사로 바뀌고 집도 서울로 이사를 온 후 초등
학교 동창들 몇몇이 서울에서 정기적인 모임을 가졌다. 오
늘도 친구가 운영하는 장충동 근처 식당에서 모인다. 그 자
리에서 초등학교 때 마음속으로 짝사랑했던 우ㅇ자 얘기가
나왔다. 우연히 친구 중 한 사람이 내가 살고 있는 봉천동
맥주집에서 ㅇ자를 만났다고 했다. 내 안부를 물었다는 것
이다. 내심 반가웠다. 모임이 끝나자마자 친구와 함께 봉천
동으로 달려갔다. 조금은 늦은 밤이었는데 우리는 맥주집
간판이 즐비한 봉천동 시장 골목을 샅샅이 뒤졌다. 설레는
마음으로 ㅇ자를 만나면 무슨 말을 할까 마음속으로 몇 번
씩 되뇌면서 찾았다. 끝내 찾을 수가 없었다.

　그 후로도 시간 날 때면 그 주변을 찾아보곤 했지만 보
이지 않았다. 후일에 들은 얘기로는 미국으로 이민을 갔다
는 소문을 들었다. 그녀는 왜 우리나라에서 살지 못하고 미
국으로 이민을 갔는지는 지금도 모른다. ㅇ자 말고도 초등
학교 동창 중에는 마음속에 남는 여자 친구들이 몇 사람 있

다. 당시에도 너무 성숙했던 ○련이, 내가 음악책을 훔쳤던
○분이, 나를 혼자 좋아했다는 ○자. ○자는 내가 초등학교
를 졸업하고 중학교 가기 위해서 기다리고 있었던 봄방학
기간에 나에게 편지를 보낸 유일한 여자 친구다. 지금도 동
창회에 가면 자연스레 만난다. 아내도 함께 동창회에 참석
하여 그들과 어울리는 사이다.

그녀들의 말을 빌리면 내가 몹시 부러웠다고 한다. 초등
학교 근처에서 살았고 아버지께서 가끔 서울 출타를 하시
고 오실 때 사 오신 가방이나 학용품 등은 당시 우리 친구들
사이에 부러움의 대상이었다. 지금 생각해 보면 친구들은
자기들과는 다른 부류의 사람이라고 생각했단다. 오히려
나는 그들이 부러웠다. 단지 집이 학교와 너무 가까워서 친
구들과 등하굣길에 어울릴 수 있는 기회가 없어 친해질 수
가 없었다. 이제 모두 나이가 70을 넘어서 80에 가까워 오
는데 한 번쯤은 보고 싶은 얼굴들이다.

초등학교 동기 ○순이, ○분이, ○순이, ○순이 또 다른
모든 친구들 건강하게 오래오래 함께 만나고 지냈으면 좋
겠다. 친구를 보면 그 사람을 안다고 했다. 나는 많은 친구
들이 있다. 초등학교, 중학교, 고등학교, 대학교, 대학원, 그
리고 군대 친구, 직장 친구가 있다. 그중에서 가까운 친구를

꼽으라면 내 인생에서 가장 보람 있었던 대구 대학 시절의 친구 정찬수, 장순진, 서미선, 최정순 그리고 연호, 창호가 특히 생각난다. 또 고등학교 시절 나에게 여자의 향기를 느끼게 해 준 누이 이명숙 미용사 누나. 모두 생각나는 사람들이다. 이제 참 오래된 옛날이야기가 되어 버렸다.

내가 없다면 세상도 없다

"재산을 잃으면 조금 잃는 것이고 명예를 잃으면 조금 많이 잃는 것이며 건강을 잃으면 모두를 잃는 것이다."는 말이 있다. 워낙 자주 듣는 말이라 평소에는 별로 실감이 나지 않을 수 있는 말이다. 건강을 잃어 보면 사정은 180도로 달라진다. 내가 왜 진즉에 건강을 지키지 못했을까? 때늦은 후회를 한다. 직장에서는 매년, 퇴직 후는 2년마다 건강검진을 받아 왔다. 잘 받던 건강검진을 귀찮고 바쁘다는 핑계로 미루다가 처음 4년 차로 2018년에 받았다. 검사 당일 위내시경에서 다소 이상 소견이 보인다며 조직검사를 의뢰했다. 가끔 있었던 일이라 가볍게 들었다. 결과는 일주일이면 나온다고 했다.

확인은 직접 오면 좋지만 우편으로 받아도 된다고 했다. 나는 직접 오겠다고 했다. 며칠 후 검진의가 "결과가 나왔다."며 전화를 했다. 왠지 겁이 났다. 가겠다고 대답만 하고 가지 않았다. 전화가 또 왔다. 결과가 좋지 않아서 그런가 물어보았다. 직접 만나서 알려 주려 했다며 "위 선암이 의심."이라는 청천벽력 같은 말을 했다. 용기를 내어 아내와 함께 병원을 찾았다. 의사가 오히려 죄진 사람처럼 미안해 한다. 아직 확진이 아니니 미리 겁낼 것 없다고 입에 발린 말로 위로를 한다. 벌써 상급 병원 진료의뢰서까지 작성해 두고서 말이다. 가훈 첫 번째를 '건강한 가정'으로 정했는데 말로만 건강을 제일로 생각하는 척했던 것 같은 내 모습이 한순간에 초라해졌다. 초상집 같은 분위기에서 가족회의가 열렸다.

오진이라는 말 외에 세상 어떤 말로도 위로가 되지 않는 순간이다. 지금까지 살아온 인생이 모두 헛산 것 같고 무의 미하게 느껴졌다. 인생의 패배자, 낙오자, 죄인이 된 기분으 로 가족들에게 너무너무 미안했다. 온 식구가 총력전으로 상급 진료 병원을 찾았다. 운 좋게 이틀 후 진료 가능한 위 암 국내외 최고 권위 교수님께 예약이 되었다. 검진 차트를 보신 교수님은 즉시 '위암'이라고 확진을 내렸다. 위암에 대 해서 비교적 자세히 설명해 주었다. 초기 위암이 맞고 통상 적으로 초기에는 내시경 시술이나 부분 절제를 하지만 병 반의 위치가 좋지 않아 내시경 시술은 어렵다고 했다.

당연히 수술이 필요하며 부분 절제할 것인지, 전체 절제 를 할 것인지는 외과에서 결정할 일이라고도 했다. 부분 절제는 회복이 다소 빠르고 전체 절제의 경우는 최소 1년 정도의 회복 기간이 필요하단다. 내심 오진이었다거나 검사를 좀 더 해 보고 암인지 아닌지 확진해 주기를 바랐던 희망이 한순간에 깨져 버렸다. 중증환자로 등록이 되었다. 암은 접촉이나 공기로 전염되는 병이 아닌데도 사람들은 막연하게 암 환자와는 가까이하기를 피하고 무서워한다. 암은 사망률도 높고 완치가 어려운 병이기 때문일 거라고 생각한다. 사실 이전까지는 나도 그랬다.

외과 진료가 3일 후로 예약이 되었다. 몇 가지 검사를 더하자고 한다. 암으로 확진이 됐는데 또 무슨 검사냐고 짜증을 냈다. 수술 방법을 결정하는 데 필요한 검사라고 했다. 실낱같은 희망을 가지고 검사를 했다. 예약 일자에 외과로 갔지만 결과는 아직 통보되지 않았고 우선 입원 및 수술 날짜를 정하자고 했다. 입원 날을 기다리고 있는데 검사 결과가 다소 희망적(내과적 시술이나 부분 절제 가능성?)일 수도 있으니 병원에 올 수 있냐고 전화가 왔다. 모처럼 기분 좋게 병원에 갔지만 결과는 바뀌지 않았다. 오히려 급한 환자 때문에 수술 날짜만 미뤄졌다. 입원 일자와 수술 날짜도 다시 잡았다.

하루하루가 불안의 연속인데 교수님 학회 참석 관계로

수술 날짜가 또 미뤄졌다. 더더욱 불안해졌다. 세상에서 내가 가장 불행한 사람처럼 느껴졌다. 가족들의 일상도 엉망이 되어갔다. 하루라도 빨리 수술을 받고 싶었다. 마침 사위와 의대 동기가 근무하는 수도권 대학병원에 위암 권위 교수님이 계셔서 그곳으로 병원을 옮겼다. 병원을 옮긴 후 일이 너무 쉽게 진행되었다. 우선 내과적인 내시경 시술을 시도했다. 만약 실패하여 천공이 생기거나 전이 부위가 생각보다 깊다고 판명되면 외과적인 수술을 또 받아야 한다. 시간과 경비가 2배로 들지만 나중에 후회를 남기지 않기 위해서 모험을 했다.

내시경 수술은 성공적이었다. 다만 수술 부위에서 떼어낸 조직에서 암 재발 요인이 1%도 없어야 성공이라고 한다. 일주일 후 결과는 재발 요인 3-5%로 판명되었다. 결국 수술을 않고 그대로 두었을 때 재발하지 않을 수도 있지만 100% 장담은 못 한다는 내과 주치의 소견이다. 주치의께서는 암은 재발 요인이 1%만 있어도 완치로 보지 않는다면서 절제 수술 여부는 본인이 결정하라고 하신다. 나는 주저하지 않고 원점으로 돌아와 위 절제 수술을 받기로 했다.

수술하던 날 같은 시간대에 각기 다른 병명의 환자 30-40명이 동시에 수술 대기실에 모였다. 마치 화장장에서 순번을 기다리는 모습과 흡사하다. 침대 위에 누운 채 천정만 바라보며 그들은 도대체 무슨 생각들을 하고 있을까? 수술 후 마취에서 깨어나면 병실로 갈 것이고 못 깨어나면 화장 터로 가야 할 운명이다. 인적 사항을 확인하고 마취를 했다. 정작 본인들은 전신마취 후에는 의식이 없는 상태로 주 치의가 생사여탈권을 가지게 된다. 수술실 밖에는 보호자 1 명만 대기시켰다. 딸이 있기로 했다. 수술 도중에 발생할지 도 모르는 긴급 상황에 대비하기 위해서다. 장장 4시간 동 안의 죽음 같은 수술이 끝났다.

회복실에서 깨어난 나의 온몸은 죽음에서 깨어난 듯 오 묘한 한기가 들었다. 수술실 온도는 5도 이하로 유지된다. 완전 나체 상태에서 4시간을 견뎌 냈으니 온몸은 얼음장이 되었다. 더욱이 수술 후의 내 모습은 말로 할 수 없을 정도 로 흉측한 모습으로 변해 있었다. 왼쪽과 오른쪽 옆구리에 는 수술 구멍으로 피 빼는 호스가 쌍권총처럼 박혔다. 요도 에는 오줌을 빼는 호스가 박혔고 팔에는 시퍼렇게 주사 자 국이 피멍으로 얼룩지고 이름도 모르는 주사액이 주렁주렁 매달려 있다. 사람의 몰골이 아닌 좀비(?) 모습이다. 사느냐 죽느냐 하는 생명의 소중함 앞에서는 체면이나 알량한 자 존심 따위는 그저 사치일 뿐이다.

온 가족이 주치의의 일거수일투족에 희비가 엇갈렸다. 다행이 수술은 잘되었다. 수술 후에는 방귀가 나오는 것이 중요하다고 했다. 방귀가 나오려면 뱃심이 있어야 한다. 그래야 물도 먹을 수 있다. 그래서 병원 내 입원실 복도를 하루 50바퀴 이상 돌았다. 100바퀴를 도는 사람도 있다. 삶에 대한 의지는 누가 시켜서 되는 것이 아니다. 순수하게 본인의 의지가 중요하다. 3일째 겨우 방귀가 피식하면서 힘없이 나왔다. 한 번 방귀가 나오자 계속 나오기 시작했다. 간호하는 아들이 계속 더 많이 걸으라고 주문한다.

그래도 나는 나은 편이다. 나보다 중한 환자도 많았다. 암 병동에 입원해 있었기 때문에 모든 종류의 암 환자를 다 볼 수 있었다. 특히 장기 이식을 기다리는 환자도 생각보다 많았다. 4일째 미음과 죽을 먹고, 5일째 소변 주머니 떼고, 6일째 대변을 보고 피 빼는 주머니도 떼었다. 7일째는 주사도 뺐다. 주치의 선생님은 체온만 정상이 되면 퇴원시키겠다고 하셨다. 수술한 지 8일째 퇴원 결정이 났다. 암 전이도 없고 수술도 잘되었지만 암은 기본적으로 5년간은 관찰해야 완치 여부 판정을 받을 수 있다고 했다. 우선 6개월마다 검진을 해서 추이를 관찰하자고 했다. 퇴원하던 날 주치의 선생님은 위 전체를 잘랐기 때문에 최소 1년은 관리를 잘해야 한다고 당부를 했다.

나처럼 수술로만 끝나고 방사선 치료가 필요 없는 경우는 그나마 초기에 발견한 케이스다. 초기에 발견되어 부분 절제 대상이지만 발병 위치가 위의 상부 곡선 부분이라 3기에 해당하는 완전 절제 수술을 시행할 수밖에 없었던 것을 주치의 선생님도 안타까워했다. 그러나 조기 발견되어 타 부위로 전이가 안 된 것은 천만다행이었다. 그래서 암은 조기 발견이 매우 중요하다. 영양사 선생님의 식생활 교육과 레지던트 선생님의 환자 개인별 수술 내용과 상태 및 주의 사항 교육을 끝으로 퇴원했다.

다음 차례는 본인과 가족들 몫이다. 이제부터는 암 환자 가족이다. 특히 위암은 식생활에 많은 제약을 받기 때문에 식사 시간이 가장 힘들었다. 식사는 천천히 꼭꼭 씹고(30분 이상), 조금씩(평소 식사량의 거의 4분지 1 정도), 자주(배고플 때마다 간식 위주), 골고루(단백질, 채소, 탄수화물) 먹어야 한다. 또 식사 후 30분 이상 비스듬한 자세를 유지하고 쉬어야 한다. 그렇지 않으면 덤핑증후군이 발생하여 복통, 구역질, 어지럼증이 나타난다. 나는 주로 복통으로 많이 나타났다.

많은 음식물을 빨리 섭취하거나 금지된 음식을 섭취하면

소장에 음식이 쌓이거나 팽창하면서 끊어질 것 같은 아픔이 30분 이상 지속된다. 증상이 나타나면 나와 고통을 함께 하느라 식구들도 식사를 할 수가 없다. 식구들이 엄청 개고생이다. 식사 시간이 곤혹스러웠다. 나중에는 식구들을 생각해서 따로 식사를 했다. 며칠 후부터는 음식물이 목에 걸려서 넘어가지가 않았다. 물 종류만 간신히 넘겼다. 밥 종류를 먹으면 모두 토하게 되었다. 무려 6개월 동안 이러한 상태가 계속되었다. 위 절제 수술을 하면 체중이 감소하다가 일정 기간이 지나면 다시 올라간다고 했다. 그러나 계속 빠지기만 하니 걱정이 되었다.

6개월 후 정기 검진 시 장 협착이라는 진단이 나왔다. 수술 절제 접합 부위에 협착이 발생해 음식물이 넘어가지 않는다는 것이다. 소화기 내과의 협진을 받아 다음 날 입원하여 장 확장 내시경 시술을 받고 5일 만에 퇴원했다. 1개월 후 확인 결과 장 협착 없이 잘 유지되고 있었다. 시술 후로는 음식물 섭취가 한결 쉬워졌고 체중도 조금씩 불어나기 시작했다. 수술 전 68kg이던 체중이 수술 후 58kg로 줄어들고 퇴원 후 52kg까지 빠졌다. 장 협착 시술 후부터 체중이 늘어나기 시작해서 지금은 56kg까지 회복했다. 또 6개월 후 다시 검사를 받아야 한다.

처음 암을 발견했을 당시에는 죽음밖에는 생각이 없었다. 비록 지금은 급한 불은 잡았다고 할 수 있지만 언제 어디에서 어떤 암이 또 발견될지 장담할 수 없다. 암과의 전쟁은 끝나지 않았다. 지금부터 시작이라는 마음으로 죽을 때까지 암을 공부하고 이기며 살아갈 것이다.

이번에 경험적으로 암에 대해 느낀 점은 우선 모든 병이 그러하듯이 암도 예방이 중요하다. 건강할 때 암에 걸리지 않는 생활습관, 식습관을 꼭 지키고 건강검진은 철저하게 받아야 한다. 그러면 암에 걸린다 해도 초기에 발견할 수 있다. 초기 발견이 중요하다. 암에 걸리면 우선 겁부터 내지 말고 꼭 치유될 수 있다는 긍정적인 생각과 자신감을 가지고 적기에 적절한 치료를 받아야 한다. 검증되지 않은 민간요법 등에 맡기지 말고 적극적인 치료가 중요하다. 퇴원 후에도 꾸준하게 건강관리를 해야 한다. 좀 좋아졌다고 옛날 생활습관으로 돌아가면 안 된다. 가족들의 도움을 받아 자신의 의지로 죽을 때까지 조심해야 한다. 지금 이 순간에도 살아 있음에 감사하고 고마운 마음이다. 건강을 잃으면 내가 없다. 내가 없다면 세상도 없다.

길고 굵고 좋은 거

이야기는 55년 전 중학교 시절부터 시작된다. 학교는 집에서 8킬로미터 정도 떨어진 읍내에 있었다. 아침저녁으로 1시간 이상 걸리는 울퉁불퉁한 시골길을 자전거를 타고 통학을 했다. 내 키만큼 높은 자전거에 거의 매달리다시피 하면서 온 힘을 다해 페달을 밟아야 했다. 고되고 힘들었지만 다른 방법은 없었다. 집안 형편이 더 어려운 애들은 걸어서 다녔다. 낡고 녹 쓴 고물 자전거였지만 내게는 한없이 소중하고 귀한 자가용이었다. 걸어 다니는 애들에 비하면 사치였다. 자전거가 워낙 고물이라 학교 가는 중간에 펑크가 나면 끌고 뛰는 일은 흔한 일이고 비가 오는 날에는 교복이 젖을까 걱정되어 팬티만 입고 온몸을 비닐로 칭칭 동여매고 자전거를 탔던 일도 수없이 많았다.

영하 10도 찬바람 속에도 변변한 장갑도 없어 손발이 꽁꽁 얼어서 학교에 간다. 학교에 가면 얼었던 손발이 녹느라 온종일 근질근질, 또 집에 갈 걱정에 공부는 뒷전이다. 그래도 결석 한 번 안 하고 중학교 3년 개근상, 고등학교 3년 정근상도 탔다. 시험이 있는 날은 자전거를 탄 채로 한 손에는 핸들을 잡고 한 손에는 단어장을 들고 외우면서 등교한 기억도 있다. 청소 당번이라 늦은 하굣길엔 친구도 없이 혼자 집에 와야 했다. 날이 지고 주위가 어두워지면 무서워서 촛불을 앞바퀴에 매달고 달렸다. 내 거친 숨소리에 놀라 기절하다시피 성황당 고개를 넘었던 일도 잊히지 않는다. 숱하게 많은 사연 중에 유달리 지금도 기억에 생생한 한 가지가 있다.

아침저녁으로 자전거에 물건을 잔뜩 싣고 이 동네 저 동네 다니면서 물건을 파는 할아버지한 분이 계셨다. 아침 등굣길에 할아버지는 고물 자전거에 물건을 가득 싣고 우리와 반대편으로 가신다. 저녁 하굣길에는 또 반대편에서 만난다. 할아버지는 가을, 겨울철에는 "길고 굵고 좋은 거 사려." 여름철에는 "얼음사탕보다 더 맛있는 거 사려."라고 외치며 지나가신다. 처음에는 별로 관심이 없이 지나쳤다. 할아버지가 자전거에 싣고 팔러 다니시는 물건이 어떤 것인지도 모르지만 알고 싶지도 않았다. 우리에게 필요한 물건이 아닐 거라고 생각했기 때문이다.

그런데 그것도 하루 이틀도 아니고 1년 365일 거의 매일 만나다시피 하다 보니 조금은 궁금증이 생겼다. 어느 여름

날 하굣길에 용기를 내어서 할아버지에게 다가가서 "얼음 사탕보다 더 맛있는 거. 그게 뭐예요?" 여쭈어보았다. 강냉이튀밥(뻥튀기)이었다. 강냉이튀밥은 엿과 함께 아이들 간식거리로 최고 인기였다. 시골에서는 돈이 없으면 고물이나 찢어진 고무신, 고장 난 시계, 고철 또는 곡식을 주고 엿이나 강냉이튀밥과 바꾸어 먹었다. 지금 생각해 보면 가치 있는 골동품들도 엿이나 강냉이튀밥과 많이 바꿔 먹었을 거란 생각도 든다.

친구들과 용돈을 털어서 강냉이튀밥을 샀다. 우리는 자전거를 길옆에 세워 두고 이름 없는 묘 등 근처 잔디밭에 앉아서 맛있게 나누어 먹었다. 얼음사탕보다는 못했지만 맛있었다. 가을, 겨울철에 외치고 다니시며 파는 '길고 굵고 좋은 거?' 그것도 궁금했다. 바로 '다꾸앙(다꾸앙은 일본말이고 현재는 단무지라고 한다)'이라고 하셨다. 중학교를 졸업하고 농업고등학교에 진학을 했다. 농업 실습 시간에 다꾸앙을 만드는 실습이 있었다. "길고 굵고 좋은 거 사려."고 외치시던 할아버지 생각이 났다. 단무지 재료로는 길고 굵고 좋은 무가 최고다. 우선 길고 굵고 좋은 무를 딩기('쌀겨'의 경상도 사투리)와 함께 잘 버무려서 가마니에 담아서 일정 기간 숙성시키면 노랗게 착색이 된 '길고 굵고 좋은 단무지'가 탄생한다. 길고 굵고 말랑말랑하면서 쫄깃쫄깃한 맛 좋은 단무지가 된다.

지금은 그렇게 정석대로 만들지는 않는 것 같다. 돌이켜 보면 55년 전부터 할아버지는 소비자들의 흥미와 궁금증을 유발시켜 구매 의욕을 끌어내는 기발한 판매 촉진 방식을 사용하셨다고 생각하니 존경스러워졌다. 통상 길고 굵고 좋은 거라고 하면 우리는 남자들의 생식기를 연상하게 되고 자연스럽게 그 물건이 무엇인지 궁금증이 생기지 않을 수 없다. 그렇게 사람들이 모이게 되고 물어보게 되고 결국에는 사게 된다. 대학에서 마케팅을 공부하면서 할아버지의 방식을 상품에 적용시켜 보고 싶어졌다. 상표를 단무지와 무 제품 이름에 '길고 굵고 좋은 거'라고 짓고 싶었다. 이름을 단독으로 사용할 수 있도록 상표 등록(특허청)을 했다. 기회가 된다면 '길고 굵고 좋은 단무지'를 만들어서 시장에서 팔아 보고 싶었다.

그때 받은 특허 상표는 장롱 속에서 잠자고 있다. 50-60년이 지난 지금에도 단무지를 보면 생각이 난다. 아내가 강냉이튀밥을 좋아한다. '얼음사탕보다 맛있는 강냉이튀밥'을 사다 주면 아내는 무척 고마워한다. 집 앞에 노점 뻥튀기 할아버지가 계신다. 코로나 이전에는 제법 장사가 잘되었는데 코로나 때문에 요즘은 뜸하시다. 코로나가 끝나도 나오시지 않는다. 아마 돌아가신 것 같다. 한창 잘될 때는 뻥튀기 학원에서 뻥튀기를 실습하러 온 젊은이를 만난 적도 있었다. 한번은 국내 굴지의 단무지 제조 회사에 내가 가진 특허권인 '굵고 길고 좋은 단무지'라는 명칭을 사용해 보시라고 제안해 보기도 했다. 아무런 반응이 없었다.

살다 보면 잘 잊히지 않는 말이 있다. 그 말이 우리 인생에 유익한 말이라면 더할 수 없이 좋다. 또 말 중에는 추억을 생각나게 하는 말, 용기를 주는 말, 재미를 주는 말, 좋은 말, 나쁜 말 등등 많은 종류의 말들이 있다. 내게는 유난히도 '길고 굵고 좋은 거', '얼음사탕보다 맛있는 거'라는 말이 왠지 잊히지 않고 기억의 한쪽에 살아 있다. 아마 죽을 때까지 잊지 못할 것이다. 이 세상 모든 사람들의 인생이 '길고 굵고 좋은 인생'이 되었으면 하고 바란다.

이것이 인생이다

농업○○공사 입사가 결정이 되었다. 1975년 3월 14일, 우리는 결혼식을 입사일 이전에 올리기로 하고 2월 18일로 결혼식 날짜를 정했다. 면사무소에서는 면장님, 부면장님, 그리고 동료 직원들도 경사 났다고 모두들 축하해 주었다. 어떤 이는 행시보다도 어려운 시험을 통과했다고 칭찬도 했다. 사실 월급으로만 따지면 당시 공사의 5급(평사원)이 사무관 월급보다도 많았다. 결혼식은 그녀의 집이 있는 점촌 읍내 예식장에서 하기로 했다. 어쩌면 그녀를 위한 작은 배려였다.

주례는 아버지의 친구이자 초등학교 교장선생님이시고 서예가이신 우상홍 선생님을 주례로 모셨다. 결혼식 당일에는 눈이 너무 많이 내렸다. 작은아버지 친구가 빌려주신 지프차가 결혼식장까지 20km를 엉금엉금 기어가다시피 해서 갔다. 누군가 결혼식 날 눈이 오면 부자 된다고 했다. 그것도 모두 듣기 좋으라고 하시는 말씀인 줄은 알아도 기분이 나쁘지는 않았다. 신혼여행을 가지 않고 저녁에는 우리 집에서 신부 측 부모님과 가족 대표님 모시고 폐백을 드렸다. 지금은 폐백을 예식장에서 하지만 당시는 예식장에서 해도 되고 집에서도 하였다. 신혼여행을 가지 않아 결혼 50년이 지난 지금까지도 아내에게 원망을 듣고 있다. 그 죗값으로 아내를 가능한 한 외국 여행을 많이 시켜 주기로 했다. 지금까지 뉴질랜드, 중국, 베트남, 필리핀, 괌 그리고 서·동유럽인 독일, 오스트리아, 헝가리, 체코, 일본 등을 함께 여행하였다. 딸과는 미국, 캐나다도 다녀왔다. 국내도 시간이 되면 제주도, 남해를 비롯해서 강원도, 전국을 다녔다. 지금은 신혼여행 얘기가 나와도 원망은커녕 신혼여행 안 간 덕에 더 좋은 곳 많이 다녔노라고 고마워한다.

결혼식을 끝내고 첫날밤을 우리 집에서 지내고 이튿날은 아내의 고향인 화령으로 신행을 갔다. 2박 3일 동안 아내와 관계된 집안 어른들을 찾아뵙고 그 댁에서 하루하루 묵으면서 정을 나누었다. 마지막 날에는 아내의 작은 아버님이 사시는 탄광촌인 문경으로 찾아 갔다. 탄광의 생산 부장이셨던 작은 아버님과 당시 청주여고를 졸업한 인텔리인 작은 어머님 댁에서 하루를 지내면서 아내의 어릴 적 얘기며 처가의 얘기들을 들을 수 있었다. 결국은 처가에 대한 인사 겸 한집 식구가 되는 절차를 거치는 과정이었다고 생각한다.

그럭저럭 새로운 직장으로 가야 할 날이 되어 첫 임지인 평택으로 부임을 했다. 아내를 시골집에 남겨 둔 채 어머님과 같이 평택으로 가서 셋방을 구했다. 어머니는 간단한 식사 도구와 살림 용품을 갖추어 주시고는 일단 시골로 내려가셨다. 나는 회사 구내식당에서 식사를 해결하고 잠은 집에서 잤다. 새로 만난 친구들과 어울리며 하루하루 새로운 회사 생활에 적응을 하다 보니 시간이 엄청 빠르게 지나갔다. 어머님은 우리가 신혼인데 떨어져 지내는 것을 매우 안타깝게 생각하시고는 아내를 데리고 근무지가 있는 평택으로 다시 오셨다.

그때 시골을 떠나 온 것을 시작으로 50년간 고향을 떠난 생활이 계속되고 있다. 정말 어제 같은데 세월은 빠르기도 하지. 아내는 새댁의 몸으로도 하루하루 신혼 생활에 적응하기 시작했고 회사 생활도 차츰 적응이 되었다. 본사로 발령이 났다. 서울 생활이 시작되었다. 1남 3녀가 태어났다. 과천을 거쳐 인덕원에서 터를 잡았다. 회사 정년퇴직을 했다. 자식들 결혼하고 손자, 손녀들이 생겼다. 이것이 내 인생의 전부이며 화려한 노년의 시작이다.

사랑의 결실

첫아들을 잃고 난 다음이라 우리는 아기에 대한 열망이
대단했다. 임신 초부터 방산부인과를 버리고 이화산부인
과를 다녔다. 주치의로 정하고 특별히 부탁을 했다. 외래도
철저히 다녔다. 아내랑 같이 다녔다. 한 번 병원에서 실패
를 경험한 터라 여간 걱정스러운 게 아니었다. 다행히 이화
산부인과에서는 우리 부부를 안심시켜 주었다. 자기가 책
임지고 진료해 드릴 테니 자기만 믿으라고 했다. 당시 지방
도시에서는 공기업 직원들에 대한 신임이 매우 높았고 친
절하게 대해 주었다.

보수도 좋았지만 신분도 공무원과 같이 정년이 보장되
는 안정성이 매우 높은 직장이었기 때문이다. 직원들의 학
력도 높아 80% 이상이 대졸이었다. 병원에서도 특별 대우
를 했다. 무사히 열 달이 지나 드디어 사랑이 첫 결실을 맺
었다. 분만실에서 나온 간호사께서 하는 말이 "선생님, 축
하합니다. 공주님을 순산하셨습니다. 돈 버셨네요. 아기가
쌍꺼풀눈을 가지고 태어났습니다." 나를 닮아서 쌍꺼풀을

가지고 태어났다는 말에 틀림없이 우리 아기가 맞구나 하는 생각도 들었다. 병원이 시골 의원이라 입원실은 온돌방이었다. 아기도 바로 산모와 한방에서 있게 되었다. 따뜻한 온돌방에서 산모와 아기는 곤하게 잠이 들었다. 이제는 마음이 안정되었다. 사무실로 전화를 해 드렸다.

직원들이 모두 축하한다고 축하 인사말을 전해 왔다. 친하게 지내는 직원들이 와서 대낮부터 소주 파티를 벌였다. 내가 가장 먼저 결혼을 하였기 때문에 아기도 가장 먼저 얻었다. 이튿날은 시골에서 어머님께서 오셨다. 며느리 산후조리하라고 호박 소주도 가져오시고 대장각 미역도 사 오셨다. 일주일 정도 계시다가 내려가신 후 장모님께서도 다녀가셨다. 장모님은 댁에서 사업을 하셨던 관계로 집을 오랫동안 비울 수가 없어서 금방 손녀와 딸의 얼굴만 보고 내려가셨다.

첫딸의 이름을 현대식으로 짓는다고 애리라고 지었다. 한글로만 이름을 짓다 보니 호적에 등재를 하려고 하니 한문 이름이 있어야 한다고 했다. 즉석에서 사랑 '애', 마을 '리'를 써서 김애리라고 이름을 호적에 올렸다. 나중에는 둘째 혜윤이를 낳고 나서 삼각지에 있는 송명호 작명가님께 작명을 부탁했다. 특별히 큰딸 이름을 맑을 '소', 높을 '윤'을 써서 소윤이라고 지어 주셨다. 지금도 두 가지 이름을 함께 사용하고 있다. 성명학상으로는 소윤이라는 이름이 맞고 본인이나 주위에서는 애리라는 이름이 현대적이고 세련된 이름이라 해서 현재는 두 가지 모두를 사용하고 있다. 우리의 모든 생활이 딸에 맞추어졌다. 나는 딸을 위해서 당시에 좋은 브랜드 옷만 골라서 입혔다. 너무 소중하기도 하고 당시에는 그럴 만한 경제적 여유가 되었다.

백일이 되던 날 백일잔치를 하였다. 사무실에 함께 근무하시던 과장님과 직원들을 초청해서 집에서 간단한 잔치를 벌였다. 직원분들께서 백일 기념 반지를 해 오셨다. 물론 어머님도 오셨다. 아기는 무럭무럭 잘 자랐다. 우리 부부는 내가 퇴근하면 걸어서 약 2킬로미터 정도 되는 읍내를 유모차에 아기를 태우고 시장을 가는 것이 크나큰 즐거움이 되었다. 첫딸 애리는 날 때부터 이목구비가 또렷하고 쌍커풀 눈이 무척 예뻐서 주위 시선을 많이 받았다. 고슴도치도 제 새끼는 예쁘다고 했다. 하물며 힘들게 얻은 자식이다 보니 애지중지 키웠다. 그런데 당시만 해도 남아 선호사상이 강하던 시절이라 아들이 아닌 것이 부모님께서는 쪼금은 서운하신 것 같기도 했다. "첫딸은 살림 밑천. 잘 키운 딸 하나 열 아들 안 부럽다." 이건 나중 얘기고 "아들딸 구별 말고 둘

만 낳아 잘 기르자.", "한 가정에 하나씩만 낳아도 삼천리는
초만원." 이런 구호가 판을 치던 시절이 있었다. 그리고 우
리는 혜윤이, 효순이, 대성이 3남매를 더 낳아 모두 4남매의
부모가 되었다. 45년이 지난 지금 생각해 보면 4남매를 낳
아 잘 키운 나와 아내의 결정은 정말 잘한 선택이었다.

제
4
장

화려한 노년

손자 보는 재미

매주 화요일과 금요일 오후에는 손자를 데리러 평촌 학원가를 간다. 유치원이 끝나고 화요일에는 수학, 금요일에 축구 교실에 간다. 이날은 유치원 버스를 못 타기 때문에 직접 데리러 가야 한다. 학원은 4시에 끝나지만 주차하기가 워낙 힘들어 거의 1시간 30분 전에 출발해서 주차할 곳을 찾아다닌다. 요행이 공영주차장에 자리가 있으면 쉽게 주차를 할 수 있지만 그렇지 못 할 때는 주변을 몇 바퀴 돌아야 한다. 운 좋게 주차를 하고 나면 보통 20-30분 정도 여유시간이 생긴다.

한여름 햇볕이 얼마나 따가운지 잠시도 밖에서는 서 있을 수조차 없다. 이를 때를 생각해서 커피숍에 가서 커피 한잔 마시며 기다리라고 딸이 신용카드를 줬다. 커피가 마시기 싫어도 마땅히 가서 쉴 곳도 없다. 카페를 찾아보았다. 카페가 수도 없이 많다. 그런데도 빈자리가 한 자리도 없다. 젊은이들과 학생들로 꽉 찼다. 모두 하나같이 한 자리씩 차지하고 앉아 휴대용 컴퓨터를 켜고 공부를 하는지?

일을 하는지? 모르지만 무언가를 열심히들 하고 있다. 아예 주문조차 못 하고 그냥 나왔다. 옆집도 그 옆집도 건너편 카페도 역시 만원이다.

하는 수 없이 길거리에 우두커니 서 있다가 우연히 눈에 띄는 간판 하나가 보였다. 서점이다. 너무 더워서 아무런 생각 없이 서점 안으로 들어섰다. 넓고 넓은 서점 안에는 주인만 있고 손님은 한 사람도 없었다. 너무 시원했다. 카운터에는 주인처럼 보이는 젊은 여자가 있었다. 어서 오시라고 형식적인 인사말을 건넨다. 중고생 참고서 칸을 지나서 처세, 경영 서적이 있는 칸으로 갔다. 들어오기는 했는데 분위기를 보니 책 한 권이라도 안 사면 못 나갈 것 같다. 손님도 없는데 그냥 나가면 욕먹을 것 같다. 더위도 식히고 커피값으로 책이나 한 권 사자고 마음 정했다.

보통 유명 브랜드 커피 한 잔에 7,000원 정도 하니까 책 값으로 10,000원 정도 생각하고 책을 골랐다. 10,000원짜리 책은 거의 없었다. 최하 13,000원, 보통 15,000원, 주간지는 4,000원이다. 특별히 관심을 가지고 찾는 책이 없다 보니 더 힘들었다. 겨우겨우 유머에 관한 책을 한 권 발견했다. 책의 부피가 작고 페이지 수도 많지 않아 값도 저렴했다. 손자 데리러 갈 시간도 거의 되었다. 우연치 않게 펴서도 하고 책도 한 권 생겼다. 카페에 갔었다면 벌써 커피는 다 마시고 빈 잔만 남았을 텐데 피가 되고 살이 될 소중한 책 한 권을 얻었다. 다음부터는 카페로 안 가고 서점에서 책을 한 권씩 사기로 마음을 정했다.

딸에게도 커피 대신 책을 사겠다고 했더니 아빠 좋으실 대로 하라고 한다. 이제는 주차하고 시간 남으면 서점으로 곧장 간다. 점원이 알아보고 멋쩍게 눈인사를 건넨다. 오늘은 일찍 주차를 해서 대기 시간이 1시간 정도 남았다. 천천히 보고 고를 수 있는 시간이다. 책의 종류도 엄청 많다. 그 많은 책들 중 같은 제목의 책이 없는 걸 보면 책을 쓰는 사람들은 대단하다는 생각이 든다. 한참을 뒤적이고 찾다 보니 요즘 대세인 블로그와 페이스북에 대하여 설명한 책이 눈에 띄었다. 먼저 구입한 유머에 관한 책은 벌써 1독을 했다. 이렇게 독서를 하니 훨씬 효율적이다.

새 책을 사기 전에 먼저 구입한 책은 다 읽고 싶은 욕심이 생겼다. 1주일에 두 권씩 책을 사면 다 읽을 수나 있을까? 걱정스럽긴 하다. 벌써 구입한 책이 11권이다. 그중에 기억에 남는 책이 있다. 일본인 작가가 쓴 『70세 사망법안, 가결』이라는 책이다. 장수국가 일본의 현실을 꼬집은 책이다. 저출산 고령화 사회에서 일어날 수 있는 문제를 해결하기 위한 방법으로 '70세 사망법안'을 만들어서 국회에서 통과했다. 시행을 앞두고 있는 법안으로 70세가 되면 모든 사람은 무조건 죽어야 한다는 내용이다. 법 시행 이전에 70세가 넘은 사람은 2년의 유예 기간을 두어 2년 후에 죽어야 한다. 주된 스토리는 70이 넘었지만 정신은 정정하게 살아 있는데 운신을 못하는 시어머니를 모시고 사는 며느리 도요코, 철없는 남편 시즈오, 그의 딸 모모카, 아들 마사키가 살아가며 펼치는 장수국가의 문제를 꼬집는 책이다. 어쩌면 우리도 머지않아 맞닥뜨릴 현실 같아서 섬뜩하면서도 공감이 갔다.

또 한 권도 역시 일본인 작가가 쓴 『상위 1%로 가는 일곱 계단』이라는 책이다. 스스로 성공하는 사람들의 7가지 비밀을 소개하는 내용이다. 일곱 가지 조건이 너무도 현실적이고 또 공감이 가는 부분이 많아서 선뜻 구입을 했다. 사실 성공은 남이 보면 쉽게 얻어진 것처럼 보일지 모르나 성공한 1%에게는 남다른 공통점이 있었다는 사실에 매우 공감했다. 한 가지만 소개하면 배움이라는 첫 단계이다. 성공하는 사람들은 언제든, 누구에게나 배우는 데 주저함이 없다는 사실이다. 성현께서는 "세 사람이 걸어가면 그중에 스승이 될 사람이 꼭 한 사람은 있다."는 말씀과 "아무리 나이 어린 사람에게라도 배울 것은 배워야 한다."고 했다. 이처럼 상위 1%의 성공한 사람들은 배움에 남다른 열정이 있었다. 백 번 천 번 옳은 말씀이라고 생각한다.

아직도 못 읽은 책이 많이 남았다. 그중에는 30년 전에 정신과 의사 출신 저자가 지은 처세에 관한 책도 있다. 나도 30년 전에 읽었다. 개정판으로 출간되어 다시 읽어 보니 완전히 새롭다. 배짱이 약했던 내게 많은 도움이 되었다. 이제야 독서의 참맛을 조금은 알 것 같다. 손자 기다리는 시간에 커피값 아껴서 구입한 책이 인생의 황혼기를 풍요롭고 슬기롭게 해 주는 것 같아 손자가 고맙다.

손자 돌보는 일이 즐겁고 행복한 일상이 되었다. 커피를 마실 때마다 책이 생각난다. 이제 밖에서 비싼 커피는 마시지 않기로 했다. 커피가 생각나면 집에서 직접 끓여 마시면 된다. 그러는 사이에 책꽂이에 책은 점점 늘어나겠지? 언제까지 계속 될지는 나도 모른다.

나의 마지막 버킷리스트

버킷리스트? 언젠가 젊은이들이 이국 땅 낯선 곳에서 길거리 연주를 하는 모습이 방영되어 인기를 모은 적이 있다. '죽기 전에 꼭 해야 할 일', '달성하고 싶은 목표', '소망 목록'으로 표현되는 말이 '버킷리스트'다. 1년 전 나도 버킷리스트를 만들었다. 평생 동안 해 보고 싶었는데 못 한 일, 앞으로 꼭 해 보고 싶은 일 4가지를 74세 나이에 마지막 버킷리스트로 정했다. 그리고 죽기 전까지 꼭 실행하여 목표를 달성할 것이다.

첫 번째로 무술 유단자가 되는 것이다. 지·덕·체 중 가장 기본이 되는 체의 분야이다. 건강하고 튼튼한 신체는 물론 외부의 위협으로부터 자신을 보호할 수 있는 최소한의 조건이다. 대낮에도 살인이 일어나고 도시의 번화가에서 묻지 마 폭행이 비일비재한 현실에서 나와 가족 그리고 이웃을 지키기 위한 수단도 된다. 중고교 시절 체육 시간에 유도를 배웠지만 유단자까지는 되지 못했다. 그 후에도 합기도, 태권도, 검도를 조금씩 배웠지만 유급, 유단자까지는 가지 못해 아쉬웠다. 용기를 내어 집 근처 해동검도장에 등록을 했다.

생각보다 장점이 많은 무술이다. 검을 가지고 하는 운동이지만 격하지 않고 정신 수양과 신체 단련까지 함께 연마할 수 있는 전통 무술의 일종이다. 수련을 시작한 지 13개월째인 12월에 1급이 되었다. 단계별로 흰띠(9급), 계란띠(8급), 노란띠(7급), 초록띠(6급), 청띠(5급), 홍청띠(4급), 브라운(갈색)띠(3급)다. 수련생 중에 나이가 가장 많다. 손자뻘 되는 유단자부터 이제 갓 가입한 초년생까지 주부, 직장인, 대학생, 성인 등 다양한 수련생이 함께 수련을 했다.

재미있고 활기가 넘친다. 자신도 모르는 사이에 심신이 건전해지는 느낌이다. 안 쓰던 신체 부위를 골고루 사용하게 되니 체력도 튼튼해졌다. 열심히 수련하면 2개월 후에는 유단자가 된다. 시작이 반이라 첫 번째 꿈의 절반은 이루는 셈이다.

두 번째는 외국어에 대한 열망이다. 우리말 외에 1개 외국어 정도는 대화에 지장이 없는 수준으로 하고 싶었다. 특히 일본어를 배우고 싶다. 일본어는 우리말과 문장의 배열 순서가 같다고 해서 다른 외국어보다 좀 더 배우기 쉬울 것 같은 느낌이다. 10년 전 일본 벳부로 딸 가족과 함께 온천

여행을 갔다. 우연히 옆자리에 80세 되신 일본분과 동석을 하게 되었다. 한국이 좋아서 자주 오가는데 처음에는 한국어를 몰라 매우 힘들었다고 한다. 70세에 한국어 공부를 시작해서 이제는 혼자서도 자유롭게 다닐 수 있다고 자랑했다. 부럽다. 내게도 늦지 않았다며 일본어 공부를 시작해 보라고 권했다. 공부를 해서 혼자서 일본 올 수 있으면 집에 놀러오라고 주소도 적어 주셨는데 까맣게 잊고 지냈다.

일본을 자유롭게 여행해 보고 싶은 꿈이 생겼다. 일본어 공부를 독학으로 시작했다. 아직은 히라가나와 가타카나 글자 모양을 익히는 수준이다. 그런데도 많은 변화가 생겼다. 주변에 있는 일본어 간판이나 과자 봉지, 포장지 등에 적힌 일본어가 눈에 들어오기 시작한 것이다. 확실한 뜻은 모르지만 읽을 수 있다는 게 신기했다. 틈나는 대로 읽고 쓰기를 반복한다. 서두르거나 급할 것이 없다. 언젠가는 되겠지? 천천히 죽을 때까지 배우겠다는 생각으로 하고 있다. 일본어 글자 쓰기가 끝나면 단어를 배우고 문장을 배울 것이다. 간단한 문장을 쓰고 읽을 수 있을 때 일본 여행에 도전하겠다. 번역기에 의존하지 않고 스스로 대화하면서 여행을 할 수 있는 수준이면 만족한다.

영어는 십 년 이상 배웠지만 말 한마디 제대로 못 한다.

떠듬떠듬 한 단어씩 말하는 영어는 너무 불안하다. 평생 우리말 한 가지만 말하면서 살아온 내가 너무 쫌스럽다. 주위에 한국에서 거주하는 동남아분들을 보면 모국어랑 한국어, 영어까지 거의 2-3개 국어는 보통으로 말한다. 국제 결혼한 동남아 여성분들은 물론 농장에서 일하는 인부들도 모두 2-3개 국어를 할 줄 아는데 외국어 하나 제대로 못 하는 자신이 많이 부끄럽다.

세 번째는 수익을 얻을 수 있는 전문가적인 자질과 역량을 갖추는 것이다. 대학과 대학원에서 전공한 인적자원관리 분야 중 리더십 분야를 집중적으로 연구해서 명강사가 되고 싶다. 먼저 관련 분야 책을 많이 읽어야 한다. 독서를 위해 시립도서관 회원으로 등록했다. 지금까지 5권을 읽고 중요한 부분은 메모도 하고 있다. 강의를 하려면 최소한 100권 정도는 읽어야 한다고 했다. 리더십에 관한 책이라도 한 권 쓸 수 있도록 많은 자료와 사례를 정리하고 있다.

때마침 과천도서관이 리모델링을 한다고 회원 1인당 30권씩 12월 말까지 장기대출을 해 주었다. 리더십 관련 도서 30권을 받아왔다. 전문 강사 플랫폼을 보면 등록된 명강사 숫자가 엄청나게 많다. 강의를 의뢰하는 기관은 강사 수에 비해서 100분의 1도 안 된다. 평균 100 대 1의 경쟁 속에서 살아남기 위해서 피나는 노력이 필요하다. 다행이 지난달에는 서울 모 노인복지센터에서 강의 요청이 있었다. 노력하면 안 되는 일은 없다. 빠르면 3년, 늦으면 5년 이상 필요하다는 생각으로 차분하게 실행에 옮겨 가고 있다.

네 번째는 믿음을 통해 깨달음을 얻고 국가와 사회 발전에 기여하면서 사는 삶을 추구하고자 한다. 여러 분야의 사회봉사와 통 큰 기부도 하고 싶다. 아울러 사회적 약자를 돕고 기부도 많이 할 수 있게 돈도 많이 벌면 좋겠다. 불우시설에도 기부하고 모교에도 장학금을 낼 수 있는 능력을 키우겠다. 실행을 위해 버킷리스트 일지도 만들고 매일매일 실행 내용도 기록하겠다. 4가지 꿈을 이루기 위해서 짧게는 5년 길게는 10년 이상 걸릴지도 모른다. 그날까지 살 수 있다고 장담하기도 어렵다. 사는 동안 꼭 이루고 말겠다. 꿈은 이루어진다고 했다. 시작을 했으니 이미 반 이상은 이룬 것이나 마찬가지다. 버킷리스트 꿈이 이루어지는 날, 맘껏 자랑하고 칭찬하리라. 꼭 그날이 올 것이라 확신한다.

결혼 50주년(금혼식)

결혼은 인연이 닿아야 한다는 말이 있다. 또 눈에 콩깍지가 씌어야 된다는 말도 있다. 전혀 거짓이 아니다. 지인 중에 맞선을 100번을 봤더니 101번째는 첫 번째 선본 아가씨가 다시 되돌아왔단다. 결국에 101번째(첫 번째) 사람과 결혼했다. 다소 과장되었을 수도 있지만 이런 걸 두고 인연이라고 하는가 보다. 1974년 7월 이른 여름, 오늘도 다른 날처럼 일찍 출근했다. 1973년 5월 제대를 하고 같은 해 10월 지방공무원 공채시험을 거쳐 고향 면사무소에 발령을 받았다.

면사무소 근무는 공무원 신분이지만 농번기에는 하루 종일 현장에서 농민들과 함께 일하고 먹고 생활한다. 평소에도 일하기 좋게 편한 잠바를 입고 새마을 모자 쓰고 자전거로 마을을 다닌다. 시골길 골목골목을 누비면서 모심기, 퇴비하기, 골목길 청소하기 등 그야말로 온갖 일에 간섭하고 독려하는 것이 나의 임무요 당시에 면서기들이 하는 일이었다. 그것뿐이 아니고 시골에서 결혼식이나 큰 행사가 있을 때 집에서 몰래 막걸리를 담그다 면서기에게 적발되면 바로 벌금 물고 세무서에 고발도 당한다. 어떤 면에서 당시의 면서기는 3권(행정, 사법, 입법)을 모두 행사하는 막강한 지방 권력자이기도 했다.

오죽하면 당시의 어르신들께서는 집안에 면서기 아들 있으면 시원찮은 판검사 아들 둔 것보다 더 든든하다고 했을까? 그래서인지는 모르지만 인생의 첫 직장이 면서기부터 시작했다. 그날도 내가 담당하고 있는 마을의 이장님 댁에서 모내기를 하시는 관계로 논 못줄을 잡아 주기로 했다. 마을에 도착해서 논으로 이동하고 모판을 정리하고 못줄 잡기를 두서너 시간 했을까? 어김없이 새참 시간이 되었다. 마을 일꾼들과 새참을 먹으며 막걸리도 한잔 마시면서 쉬고 있었다.

그때 먼발치에서 보아도 시골에 어울리지 않게 한복을 곱게 차려입으신 중년 여인 두 분이 우리 쪽으로 다가왔다. 처음 뵙는 분들이라 나는 별 생각 없이 내가 할 일만 했다. 두 분들은 한참을 머물고 계시다가 마을 안쪽으로 들어가셨다. 마을에 사시는 친척분이 살고 계셨다. 우리는 오후 늦게 일을 마치고 이장님 댁에서 저녁을 먹었다. 저녁을 먹으면서 자연스럽게 김 서기(나를 칭하는 말) 장가보내기로 이야기가 전개되었다. 내 나이 스물여섯, 아직 많은 나이는 아니지만 시골에 있는 내 친구들은 벌써 결혼해서 아들, 딸 낳고 사는 친구들이 많았다.

그러고 나도 이 나이 먹도록 여자를 모르고 살아왔던 보기 드문 순수한 총각이었다. 여자 생각도 많이 날 수 있는 나이인지라 장가가라는 말이 전혀 나쁘게 들리지가 않았다. 사실 술집에 가서 한잔 먹고 술집 색시와 스캔들도 낼 수 있지만 그것이 용납이 되지 않았다. 어디까지나 결혼이라는 절차를 거쳐야만 여자와 관계를 할 수 있다는 생각을 가진 보수남이었다. 아내 될 사람 외에 여자와의 관계를 가진다는 건 부도덕할 뿐 아니라 아내 될 사람에 대한 예의가 아니라고 생각을 했다. 때문에 지금까지도 순결을 지킬 수 있었다.

지금은 결혼이 하고 싶다. 육체적인 관계는 결혼을 전제로 한 여자여야 한다는 보수적인 생각을 가진 남자다. 자칭 플라토닉 러브의 신봉자다. 연애는 하되 육체적인 관계는 결혼을 할 사람과 한다.

그때 만난 중년의 두 여인 중 한 분이 나의 장모님이 되신 현 여사님이시다. 장모님께서는 키가 크시고 인물도 예쁘시고 부잣집에서 고생을 모르고 자라신 분이셨다. 이런 상황을 전혀 의식하지 않고 오로지 내가 할 일만 충실하게 하는 모습을 보여 드리고 싶었다. 사실 당시에는 돈도 있고 학식도 있는 여자였으면 좋겠다는 생각도 했다. 함께 근무하시던 총무과 계장님이 자기 동서를 삼겠다고 본인의 처가까지 데리고 가서 나를 소개하기도 했다.

여러 곳에서 맞선 자리가 들어왔지만 모두가 내 생각의 조건에는 맞지 않았다. 결혼할 인연은 따로 있다는 말이 거짓이 아니었다. 우연하게 집안 누이의 소개로 인근 읍에 살던 지금의 아내와 단 한 번 맞선을 본 것이 결혼으로 이어졌다. 올해로 벌써 결혼 50주년이 되었다. 죽을 때까지 아니 저세상에 가서라도 함께 살고 싶은 아주 마음 편한 사람이다. 그래서 결혼은 인륜지대사이며 인연이 있어야 이루어진다는 말이 실감났다.

취미와 특기

　국어사전에는 취미란? '전문적으로 하는 것이 아니라 좋아서 즐겨 하는 일.' 특기란? '자기 자신만이 가진 특별한 기술이나 기능.'이라고 설명하고 있다. 흔히 우리는 입사지원서나 자기소개서, 학교생활기록부, 또는 각종 제출 서류에 취미와 특기를 기재하는 난을 보게 된다. 보통 취미는 독서, 음악 감상, 운동, 등산 등으로 기재하는 경우가 많다. 특기는 주로 '없음'이나 간혹 운동을 좋아하는 경우에는 축구, 배구 또는 테니스 등으로 적는 경우가 일반적이다.

　또 취미와 특기를 혼용하는 경우도 많다. 취미가 특기가 되고 특기가 취미가 되는 경우 말이다. 취미와 특기는 물어보는 측에서도 그렇게 중요하게 비중을 두고 묻는 것이 아니고 형식적으로 물어보는 경우가 많다. 간혹 아주 특별한 특기를 가진 경우는 쉽게 눈에 띄게 되지만 흔하지 않다. 우리나라 국민성은 취미나 특기는 그렇게 중요하게 생각하지 않는 경향이 많다. 대표적으로 국가대표 운동선수들이 기업에 채용이 되면 평소에 하던 운동을 계속하기보다는 운동하면서 쌓은 인기나 명성을 이용해서 마케팅을 하는 경우가 좋은 사례가 될 수 있다.

논산훈련소에서 훈련을 마치고 보충대로 전출 시 훈련소에서 근무할 요원을 뽑는데 특기가 있는 사병을 뽑는다. 사회 있을 때 이발을 해 본 사람, 구두를 잘 닦는 사람, 타자를 잘 치는 사람, 글씨를 잘 쓰는 사람 등등 군에서 가장 필요한 기능을 가진 사람을 찾는다. 나는 학교에서 타자를 배웠기 때문에 손을 들고 뽑혀 나갔지만 부사관 요원이라 탈락했다. 내 친구는 이발도 해 본 적도 없는데도 배짱 좋게 손들어서 이발병으로 선발되어 이발병으로 군 생활을 마쳤다.

취미란 오락성이 가미되어 있고 특기는 기술적이고 기능적인 측면이 강하다고 보면 될 것 같다. 지금까지 나의 취미라고 하면 테니스, 등산, 독서 정도를 꼽을 수 있었고 특기는 내세울 만한 게 없었다. 그래서 주위에서 정년퇴직 후에는 돈 적게 들고 꾸준하게 즐길 수 있는 취미 한 가지쯤은 개발해 두어야 한다고 조언하는 얘기를 많이 들었다. 40년 전쯤 내 나이 삼십 대 중반 즈음 고등학교 동창회에 참석했다. 그 자리에서 아주 연로하신 대선배님 한 분이 나오셔서 후배들에게 하신 말씀이 생각이 난다. 선배님은 세무공무원 출신이셨는데 당시에 사교춤을 배우셨단다. 그때는 사교춤 추면 사회적으로 지탄을 받았음에도 춤이 좋아서 춤을 배웠다고 했다. 당시에 선배님의 연세가 여든이 넘었음에도 그때도 무도장에 가신다면서 자랑을 하셨다. 무도장이 다른 사람들이 생각하는 것처럼 그렇게 지저분하고 사회적으로 지탄을 받을 장소가 아니라고도 하셨다.

무도장은 도심에 자리하고 있어 언제라도 편리하게 이용할 수 있고 하루 입장료가 500원부터 2,000원까지 매우 싸다. 또 음악이 있고 남녀가 자연스럽게 함께 어울릴 수 있는 사교 공간이 이보다 더 좋을 수는 없다는 것이다. 또 운동량도 많아서 노후에는 충분하게 운동 효과도 볼 수 있는 아주 좋은 취미라고 극구 추천을 하셨다. 그래서 나도 퇴직을 3년 정도 남겨 두고 용기를 내어서 학원에 등록을 하고 춤을 배우기 시작했다. 학원비도 결코 적은 금액이 아니었다. 한 달에 50만 원을 내면 주 6일 수업을 받을 수 있고 10가지의 스텝을 가르쳐 준다.

기본적으로 지르박, 블루스, 트로트를 학습하는데 지르박 위주로 가르친다. 사람에 따라서 차이는 있지만 3개월 정도면 무도장에 가서 다른 사람들과 춤을 출 수 있다고 한다. 내 경험으로는 남자는 최소 6개월 정도는 배워야 겨우 여자분들에게 딱지 안 맞을 정도가 되고 1년 정도는 지나야

떨지 않고 파트너를 리드할 수 있을 정도가 되지 않을까 싶다. 무슨 일이든지 다른 사람이 하는 것은 무척 쉬워 보이고 재미있어 보이지만 직접 해 보면 세상일 어느 하나 쉽게 공짜로 되는 일은 아무것도 없다는 걸 알 수 있다. 취미로 배우는 것이기는 하지만 제대로 배워야 했기에 신경이 많이 쓰였다.

음악에 맞추어 발로는 스텝을 밟고 손으로는 여자를 리드하면서 다른 사람들과 호흡을 맞춰 나간다는 것이 쉽지만은 않았다. 이렇게 배워서 10년이 지난 지금은 이제 겨우 취미란에 '사교춤'이라고 적을 수 있다. 남의 눈치 보지 않을 취미는 한 가지 개발하였지만 특기는 하루아침에 생기는 것도 아니다. 평생을 갈고 닦아야만 비로소 특기라고 할 수 있다면 지금까지도 특기다운 특기는 없다고 봐야 할 것 같다. 후일 내가 바라는 나의 특기는 '남을 즐겁게 해 주는 것', '남을 웃기는 재주', '팔만대장경 암송하기' 이런 특기를 갖추고 싶다.

그래서 몇 년 전에 '웃음치료사 1급' 자격증도 취득했다. 남은 인생 다른 사람을 즐겁게 해 주고 웃을 수 있도록 하면서 살고 싶었다. 미래의 나의 취미는 '사교댄스'요, 나의 특기는 '남을 잘 웃겨요.', '일본어, 영어 잘해요.', '해동검도 1

단'이라고 당당하게 말할 수 있는 것이다. 꿈을 현실로 이루기 위해서 나는 오늘도 열심히 취미와 특기를 개발하며 살아가고 있다.

사교춤을 국민운동으로

정년퇴직 후 취미로 사교춤을 배웠다. 올해로 벌써 15년 째다. 시쳇말로 이제는 무도장이나 콜라텍에 가도 괄시를 받지 않을 정도가 되었다. 정년퇴직하고 나면 취미 하나쯤은 가져야 한다면서 사교춤 배우기를 권하는 고등학교 대선배님의 말씀에 따라 용기를 내어 배운 사교춤이다. 이제는 내 생활에 없어서는 안 될 일부가 되었다. 그동안 우여곡절도 많았고 어려움도 유혹도 많았지만 다행히 아내가 모든 것을 이해해 준 덕분에 오늘까지 건강하게 즐겁게 춤을 추고 있다.

특별한 일이 없으면 주말에는 꼭 인근 무도장에 간다. 평일에도 시간이 나면 가까운 무도장이나 콜라텍을 찾아서 춤을 즐긴다. 이전보다는 사교춤에 대한 사회적인 인식이 많이 좋아졌다. 하지만 아직도 일부에서는 사교춤을 배우면 바람나기 쉽다는 분들도 많은 것이 현실이다. 그렇다고 골프 치면 바람 안 나고 춤추면 바람난다는 법은 없다. 모든 것은 스스로의 마음가짐에 달려 있다. 또 무슨 일이

든 쉽게 되는 일이 없는 것처럼 춤도 결코 쉽고 만만한 것이 아니다. 배우는 데 시간도 많이 들고 학원 교습비도 만만치 않다. 음악에 대한 이해도 있어야 하고 신체적으로 리듬 감각도 있어야 한다. 특히나 사람과 춤을 좋아해야 한다. 사교춤은 혼자서 할 수 있는 것이 아니고 반드시 이성의 상대가 필요하다.

어느 정도 숙달이 되면 입장료 2,000원만 내면 가까운 무도장에 가서 언제든지 춤을 즐길 수 있다. 이보다 더 좋고 저렴한 취미는 없다. 노래와 리듬이 있고 이성의 파트너가 있으니 그야말로 취미로는 금상첨화요 일거양득이라 생각한다. 서당 개 3년이면 풍월을 읊는다고 했다. 사교춤을 배우고 즐기기를 10년이 되었으니 다른 사람 눈치 안 보고 무도장을 출입할 정도의 이력은 붙었다고 자부한다. 어느 주말 시간이 나서 집 근처 무도장에 갔다. 주말이라 발 디딜 틈도 없이 빽빽하다. 아는 부킹 언니가 가까이 왔다. 가볍게 눈인사를 했다. 부킹 언니에게 잘 보여야만 빨리, 그것도 괜찮은 파트너를 만날 수 있기 때문이다. 초보 때는 상대가 어떻든 부킹이 성사만 되면 좋아했다. 지금은 다르다.

어느 정도는 마음에 맞는 상대가 아니면 정중하게 거절한다. 부킹언니도 내가 파트너를 다소 깐깐하게 선택한다는 걸 알고 있는 터라 "늙은이 주제에 찬밥, 더운밥 가리냐?"
며 면박을 준다. 그래도 나이나 외모보다는 춤 스타일이 맞
는 사람을 1순위로 선택한다. 부킹 언니는 나를 완전한 기
피 인물로 취급한다. 남들처럼 가끔씩 뒷돈도 주고 음료수
도 사 주고 해야 부킹을 잘해 준다. 하지만 낯이 간지러워
그렇게 못 한다. 달랑 입장료 2,000원과 옷 보관료 500원이
하루에 쓰는 돈 전부다.

그러니 소개해 주는 상대는 안 봐도 뻔하다. 초보자, 연
세 드신 분, 뚱뚱하거나 키가 너무 크거나 너무 작은 사람
을 소개해 준다. 다른 사람들이 춤추기를 피하는 상대를 소
개해 주는 경우도 많다. 반대로 좋게 생각하면 부킹 언니가
다른 사람들이 피하는 모든 상대를 다 받아들일 수 있는 춤
실력자로 평가해 주는 것 같아서 고맙기도 하다. 첫 번째
상대를 소개해 줬다. 나이는 50대 중후반, 외모도 몸매도
춤을 잘 추게 생겼다. 나와 호흡도 잘 맞았다. 문제는 자기
가 춤을 좀 춘다고 남자를 자기 마음대로 휘두르려고 한다.
기본적으로 춤은 남자가 리드하도록 구성되어 있다. 결국
엇박자가 나고 기분도 상했다. 3곡이 끝나고 나는 정중하게
이별 사인을 보냈다. 부킹 언니가 춤을 잘하는 여성을 부킹
했는데 내가 손을 놓으니 이상하게 생각했나 보다. 억지로

소개해 주었는데 겨우 3곡으로 끝내니 못마땅하다는 눈으로 힐끗 쳐다본다.

부킹을 해 줄 기미가 없더니 다행히 오늘은 여자들이 많은지 금방 소개를 해 준다. 두 번째 상대는 젊고 예뻤다. 나는 웬 행운인가 하고 정중하게 인사하고 손을 내밀었다. 예상대로 춤이 엉망이다. 배운 지는 오래된 것 같은데 춤에 정통성이 없다. 대충 흉내만 내는 정도의 춤이었다. 무도장에 온다고 다 춤을 잘 추는 것이 아니다. 초보도 있고 선수급도 있지만 어떤 경우는 국적도 없는 이상한 춤을 추는 사람도 많다. 이번에는 그 정도는 아니지만 어찌 되었던 함께 춤을 계속할 수 있는 상대는 아니어서 3곡도 못 하고 손을 놓았다. 그저 리듬만 익혀서 음악도 상대방도 완전히 무시하고 본인 기분에 따라 혼자 좋아 춤추는 경우다. 오늘은 일진이 좋지 않다 싶어 화장실에 들러서 손을 씻고 잠시 휴식을 가졌다.

순간 부킹 언니에게만 의지하지 않고 내 스스로 상대를 선택해 보면 어떨까 하는 생각이 났다. 마침 건너편에서 혼자 서 있는 한 여인을 보고 달려가서 정중하게 손을 내밀었다. 나이는 나와 비슷하거나 몇 살 적어 보였다. 첫 곡이 시작되었다. 분별을 하지 않기로 했다지만 그렇게 잘하는 편은 아니었다. 그래도 이왕 마음먹은 거 잘해 보자 싶은 생각에 열심히 춤을 추었다. 그런데 예상 밖으로 점점 더 재미있어진다. 성격이 엄청 밝은 여인이다. 본인은 스스로 춤을 잘 못한다고 실토를 하면서 나와 추는 춤이 너무 재미있단다. 그렇다. 바로 이거다. 춤을 좀 못 추면 어떻고 나이가 좀 들면 어떻고 좀 못생기면 어떠랴? 서로 마음이 맞아서 재미있고 흥겹게 잘 놀면 되는 거지.

그 여인과의 춤은 2시간을 이어졌다. 너무 좋아한다. 서로 눈이 마주칠 때면 환하게 웃어 주는 그 얼굴이 너무도 아름다워 보였다. 나도 덩달아서 신이 났다. 내가 무슨 춤의 왕자라도 된 것처럼 신들린 듯이 그렇게 춤을 이어 나갔다. 손 놓고 싶지 않지만 땀이 나서 쉬기로 했다. 불현듯이 '다른 사람의 마음을 즐겁고 행복하게 해 준다면 나도 이렇게 행복해질 수 있구나.' 하는 생각이 들었다. 정말로 유쾌한 하루였다.

지금까지 춤이 잘 안 맞는다고 불평하고 부킹 언니가 부킹을 잘못해 줬다고 원망했던 마음이 일시에 눈 녹듯이 녹아 버렸다. 이제부터 나도 사람을 진정으로 좋아하고 차별을 하지 말아야겠다는 생각을 했다. 인간이 즐기고 있는 모든 취미 생활에는 부정적인 면과 긍정적인 면이 서로 공존

한다. 특히 사교춤은 남자와 여자가 짝을 이루어 즐긴다는 면에서 다른 어떤 취미 활동보다도 더 쉽게 남녀 사이 문제가 생길 소지가 있다는 건 분명하다. 심지어 자신이 사교춤을 즐기고 있다는 사실을 아내나 남편에게 숨기고 있는 경우가 대부분이다. 그 이유는 춤춘다는 사실을 알게 되면 분명 무언가 문제가 있을 것이라는 부정적인 생각이 깔려 있기 때문이다.

내가 알기로는 사교춤은 광복 이후 6·25를 전후해서 우리나라가 근대화하는 과정에서 고급스런 서양 춤으로 보급되었다고 알고 있다. 당시로서는 남자와 여자가 서로 짝을 지어 춤을 추고 있는 모습이 불륜으로만 보였을 것이다. 이해가 된다. 그러나 이제는 세월이 많이 흘렀을 뿐 아니라 문화적인 환경도 많이 변했다. 스포츠댄스는 파트너를 정해서 배우는 경우가 많음에도 멋있고 우아한 춤으로 인정하지만 유독 사교춤에 대한 인식만이 부정적인 것은 사교춤을 즐기는 우리들 중에서 일부가 잘못을 저지르고 있기 때문일 것이다. 내가 경험한 바로는 사교춤을 제대로 배우고 건전하게 즐긴다면 다른 어떤 취미보다 경제적이고 멋진 취미가 될 수 있다고 확신한다. 사교춤을 즐기고자 하는 전 국민이 아무런 스스럼없이 사교춤을 배워서 건전하고 즐겁게 즐길 수 있는 날이 하루빨리 오기를 바란다. 그날이 오면 사교춤을 국민운동으로 선포하여도 큰 문제가 없을 것이라 믿는다.

아내의 명함

　우리는 살아가면서 많은 사람들을 만난다. 만나면 서로 악수도 하고 통성명도 한다. 이때 등장하는 것이 바로 명함이다. 명함은 그 사람의 분신이나 마찬가지다. 그래서 모양도 내용도 사람에 따라 다양하다. 달랑 자기 이름과 전화번호만 있는 것부터 인생 히스토리를 모두 소개한 명함도 있다. 재질도 일반 종이부터 찢어지지 않는 종이, 심지어 플라스틱으로 만든 것까지도 있다. 난생처음 만들었던 명함은 회사 단골 인쇄소 사장님이 만들어 준 공짜 명함이다. 회사 마크랑, 주소는 이미 세팅되어 있고 이름과 부서 전화, 집 전화번호만 찍으면 되는 개념 없이 만드는 판박이식 명함이었다. 모든 직원들이 똑같은 폼으로 만들어 쓰고 있었다.

　부서를 옮기거나 승진으로 직책이 바뀌거나 또는 회사의 이름이나 마크가 바뀌어야 명함도 바뀐다. 그러나 일상에서 명함을 사용할 일이 별로 없었다. 다른 사람들이 있으니까 나도 있어야 한다는 의무감에서 만들었던 것 같다. 퇴직 후 몇 년이 지나고 우연히 아내의 핸드백에서 명함 한 장을 발견했다. 직장 전성기 때의 나의 명함이었다. 명함을 만들면 가장 먼저 아내에게 한 장을 줬다. 명함에는 근무 부서 전화번호가 있었다. 당시에는 핸드폰이 없었기에 집안에 급한 일이 생기면 연락할 수 있는 방법은 회사로 전화하는 방법뿐이었다. 그럴 때 요긴하게 쓰였다. 아내가 지금도 그때의 명함을 버리지 않고 고이 지니고 다닌다. 그것도 굳이 가장 잘나가던 때의 명함을 가지고 있다. 남편을 자랑하고 싶어서일 거라 생각한다. 사랑의 무게가 느껴지는 명함이다.

전 직장에서 정년퇴직 후 조그만 컨설팅 회사에서 고문으로 몸담고 있을 때 일이다. 농촌 마을 사업을 진행하기 위해 직원들과 1박 2일 출장을 갔다. 해당 마을 대표와 인사를 나누고 명함도 주고받았다. 우리가 협조를 부탁하는 을의 입장에 있었다. 시골 마을 대표지만 서울 H대 법학과에서 법학을 전공했다. 꿈이 있어 시골에 정착한 엘리트 농부이다. 무사히 하루 일과를 마치고 바람도 쐴 겸 잠시 밖으로 나왔다. 마당 한가운데 뭐가 떨어져 있어 주워 보니 얼굴이 새겨진 내 명함이다. 벌써 여러 차례 밟힌 자국이 또렷하다. 버려진 지 꽤 시간이 지난 것이 분명했다. 명함을 교환했던 분은 마을 대표뿐이었다. 처음 인사할 때부터 이상한 느낌을 받았다. 그는 나의 전 직장에 대해 엄청 부정적인 인식을 가지고 있었다. 소위 신의 직장이라는 공기업에 대한 불신이었다.

그렇다고 명함까지 버리다니 화가 났다. 방으로 들어오자마자 나도 그의 명함을 쓰레기통에 버렸다. 마지막 공식 명함은 개인 사업자로 활동하였던 컨설팅 회사 대표 명함이다. 명함의 무게는 대단했다. 대표라는 직함이 주는 무게가 이렇게 클 줄은 몰랐다. 명함은 받은 사람들은 엄청 대단한 일을 하고 있는 줄로 착각을 한다. 아마 대표라는 말속에 담겨 있는 무게 때문인 것 같다. 100명이 근무해도 잘 알려지지 않은 중소 기업체의 과장보다 혼자서 경영하는 1인 기업의 대표 명함이 오히려 그 무게가 훨씬 더 무거울 수 있다. 옛날 말에 "용 꼬리보다 뱀 머리가 낫다."는 말도 있다. 요즘은 가짜가 많아 명함을 액면 그대로 믿기도 어렵고 내용을 하나하나 확인할 수도 없지만 그래도 가장 손쉽게 서로를 아는 데 명함만큼 좋은 것도 없다.

명함 없이 생활한 지도 벌써 10년이나 된다. 가끔은 명함 없이 산다는 것이 불편할 때도 있다. 누군가를 만났을 때 명함 한 장이면 간단히 끝날 일인데 긴 설명이 필요한 때가 있다. 소속된 회사도 없고 직책이나 직함도 없지만 새로 명함을 만든다면 과연 어떻게 만들면 좋을까 생각해 본다. 어디 내어놓아도 욕 안 먹을 자신 있는 이름 3자 또렷하게 새겨진 명함. 숨길 필요 없이 당당하게 공개할 수 있는 집 주소랑 핸드폰 번호가 적힌 명함. 아내의 이름도 나란히 함께 새겨진 아름다운 명함을 만들었다. 드디어 나와 아내의 명함이 탄생했다. 아내 한 장, 나 한 장, 사이좋게 나누어서 함께 쓰고 있다. 어떤 모임에서 내 명함을 받은 어떤 분은 아내 이름이 함께 새겨진 명함을 난생 처음 본다며 신기해했다. 그래서 더 소중한 명함이다.

화려한 노년

무일푼으로 결혼해서 직장 따라 시작한 타향살이 45년.
이제는 나이 많다고 써 주는 곳도 없다. 자식보험에 가입하
기로 했다. 틈틈이 손자, 손녀 돌보기를 자청했다. 나의 하
루는 오전 6시부터 저녁 10시까지다. 6시에 일어나 108배
하고 스트레칭으로 몸을 푼다. 아침도 혼자 먹는다. 8시까
지 옆 라인 1층에 사는 큰딸 집으로 가서 차로 10분 거리에
있는 유치원에 쌍둥이 손녀를 유치원에 늦지 않게 데려다
주기 위해서다. 스쿨버스가 있지만 쌍둥이라 준비할 게 많
아 항상 늦는다. 엄마가 준비를 하는 동안 아침밥 챙기고
세수시켜서 유치원 문 앞까지 태워다 준다.

다음은 앞 동에 사는 둘째 딸. 셋 중 큰 손녀는 초등학교
3학년이라 벌써 학교에 갔다. 밑으로 둘은 아들인데 다행히
유치원이 바로 코앞에 있다. 여유가 있을 법도 하지만 항상
전쟁이다. 그래서 도울 수 있는 일은 눈치껏 찾아서 해야
한다. 옷 입히기, 양말 신기기, 도시락 챙기는 일부터 잠깐
놀아 주는 일까지 해야 한다. 손자, 손녀들에겐 이 시간이

하루 중 유일하게 엄마랑 함께 있을 수 있는 시간이다. 어쩌면 맞벌이 가정의 공통분모가 아닌가 싶다. 다섯 살, 일곱 살짜리니 엄마 도움이 한창 필요할 때다. 둘 다 보내고 나면 잠시 짬이 난다.

이 시간에 개인적인 볼일을 본다. 오후 2시까지는 전철로 한 블록 떨어져 사는 셋째 딸 손자를 케어하러 가야 하기 때문이디. 셋째 사위는 병원을 경영하고 딸은 약국을 경영하고 있어 일이 늦게 끝난다. 2시까지는 돌봄이 선생님이 계시고 2시부터 저녁 10시까지는 아내와 함께 돌본다. 세 살짜리가 엄청 성숙하고 똑똑하다. 그래도 개구쟁이라 혼자 돌보기가 힘겹다. 돌봄이 선생님으로부터 오전에 있었던 일들에 대해 꼼꼼하게 인수를 받으면 오후의 손자 케어가 시작된다. 식사 및 간식 챙기기, 똥오줌 누이기, 퍼즐 맞추기, 영어 듣기, 그림책 읽기도 한다. 큰손자가 사과를 특히 좋아한다. 어릴 때는 숟가락으로 곱게 긁어 줘야 잘 먹는다. 오후에는 놀이터에 가서 산책도 하고 공놀이도 하며 보낸다.

그 시간에 아내는 사위와 딸을 위해 저녁을 준비한다. 손자와 우리는 먼저 먹고 사위와 딸이 퇴근해 오면 저녁을 차려 주고 집으로 오면 하루 일이 끝난다. 큰딸의 시부모님은 두 분 모두 안 계신다. 쌍둥이 손녀들에겐 우리 부부가 유일하게 한 조부모 노릇을 해야 한다. 그래서 더욱더 정이 가는지도 모른다. 나는 위암 수술을 받았다. 진단과 수술에 2개월 정도 걸렸다. 그 기간에 아내 혼자서 손자, 손녀들을 돌보았다. 가족들의 절대적이고 헌신적인 사랑 덕분에 암을 이기고 살아가고 있다. 경제적으로는 물론 정신적으로도 가족이 없었다면 어떻게 견딜 수 있었을까 싶다. 가족은 나에게 일자리도 주고 경제적인 도움도 주는 만기 없는 종합보험이다.

매월 말에는 용돈도 두둑하게 받는다. 우리 부부는 자식들이 주는 용돈과 국민연금으로 풍족하게 생활한다. 둘째 사돈어른은 지방에 살고 계신다. 몇 해 전에 대장암 수술을 받으셨지만 지금은 완쾌되셔서 건강하시다. 셋째 사돈어른은 아직 젊으셔서 큰 걱정이 없다. 경조사에 서로 왕래를 할 정도로 사돈지간이 살갑다. 친구들은 내가 시대에 뒤떨어진 놈이라고 흉을 본다. 하지만 나는 자식에게 보험 들기를 잘했다고 생각하며 산다. 건강만 된다면 이 일을 계속하고 싶다. 5년이 지난 지금은 손자, 손녀와 눈높이 맞추는 데도 자신이 생겼다.

대학원 재학 시절 어떤 교수님은 "세상에서 가장 든든한

보험은 자식보험밖에 없다."고 하셨다. 보험 유지를 위해 우리 부부는 오늘도 출근하고 또 내일도 출근할 것이다. 자식은 부모가 선택한 것이지 자식이 부모를 선택할 권리가 없기 때문이었다. 그래서 살아 있는 동안 내가 선택한 인생 끝까지 자식들에 대한 책임과 의무를 다하고 싶다. 자식들도 우리 부부를 끝까지 책임지기로 하고 부모 무기한 부양 보험증서에 서명했다. 시간 날 때면 콜라텍에 가서 춤도 춘다. 코인 노래방에서 신나게 노래도 부른다. 일본어 공부도 하면서 강의 요청이 있으면 리더십 강의도 한다. 해동검도도 시작해서 현재 1단이다. 종교 생활도 착실하게 한다. 친구도 만나고 경영지도사 모임에도 간다. 하고 싶은 거 먹고 싶은 거 다 하면서 산다. 특히 아내, 딸, 사위, 손자, 손녀들에게 효도받고 존경받으며 산다. 꼴찌 김부장의 화려한 노년은 이제부터 시작이다.

버리는 연습

언제부터인가 내가 가진 물건 중에서 필요가 없는 것들부터 필요가 적은 것들까지 순서를 정해서 버리는 연습을 실행하기로 마음을 정했다. 몇 번을 망설이다가 우선 안 입는 옷부터 정리해 보기로 했다. 수술 후 몸이 많이 줄어 커서 못 입게 된 옷 중에서 1년 이상 입지 않은 옷을 골랐다. 기왕 하는 김에 아들 옷도 필요 없어 보이는 몇 가지를 함께 골라서 버렸다. 겨울이 되자 아들이 옷을 찾았다. 멀쩡하게 잘 입는 옷을 잘못 버렸다. 그것도 30만 원씩이나 주고 산 롱 패딩을 안 입는 옷인 줄 잘못 알고 버린 것이다.

아들은 며칠 동안 나를 많이 원망하더니 어쩔 수 없이 포기했는지 말이 없다. 미안해서 20만 원을 옷 사라고 줬다. 입지 않는 아내 옷도 몇 가지 버렸다. 버리고 나니 금방 찾는다. 결혼식에 입고 가려던 옷이었단다. 아내가 아끼는 옷인데 내 판단으로 버렸다니 이만저만 실수가 아니다. 다른 식구들 옷까지 버릴 필요는 없었는데 과욕이 화를 불렀다.

몇 년 전에 직장 선배님께서 돌아가셨다. 농학 박사로 평소에 연구를 많이 하시던 분이라 책이 많았다. 돌아가신 후 책을 처리할 곳이 없어서 식구들이 애를 쓰시는 모습을 보았다. 도서관이며 사회시설에서도 책을 받아 주는 곳이 없었다. 생전에 지인들에게 나누어 주었더라면 고마운 마음으로 받았을지도 모르겠지만 아무리 좋은 물건이라도 돌아가신 분의 물건을 쓰려는 사람은 많지 않다. 아주 귀한 골동품적 가치가 있는 것이라면 몰라도 요즘은 물자가 풍부해서 남의 것을 좋아하지 않는다.

버린다고 해서 아주 못 쓰는 물건만을 버리는 것이 아니라 쓸 수 있지만 안 쓰는 것으로 골라야 한다. 그리고 가끔씩은 브랜드 옷도 섞고 바로 입을 수 있는 옷도 섞어서 버리는 센스도 필요하다. 수거해 가는 사람도 한 번쯤은 "횡재했다."는 소리가 나올 수 있을 정도로 해 주면 좋다. 버린다고 해서 못 쓰게 된 쓰레기가 아니라 안 쓰는 물건을 다른 사람이 쓸 수 있도록 나눠 준다는 생각으로 해야 한다.

다음 버릴 것으로 책을 택했다. 먼저 묶어서 창고에 보관하고 있는 책 중에서 몇 년씩 보지 않은 책은 무조건 버리기로 했다. 무게가 만만치 않다. 그래서 그런지 버리고 나니 마음은 너무너무 가볍다. 많이 버려야겠다. 또 한 묶음 버렸다. 바로 재활용 쓰레기로 가지 말고 누군가 필요한 사람에게 갔으면 좋겠다. 이제는 서재에 꽂혀 있는 책 중에서 골랐다. 1회용으로 쓰였던 자료에 손이 먼저 갔다. 각종 교육받은 자료, 홍보용 팸플릿, PPT 자료, 신문 스크랩 자료를 버리기로 했다. 어쩌면 1회용으로 필요했던 자료를 보물인 양 간직하고 있었던 어리석음이 함께 깨어지는 기분이다. 4-5년 전 신문 스크랩을 보니 정말 허구로 가득하다. 특히 사회 각계각층의 지도자라는 이들의 취임사는 백이면 백 모두가 말뿐이고 제대로 실천된 게 없다.

말로만 번지르르하게 하고 실행된 건 없고 결국 말년에는 철창신세가 된 사람들이 많다. 결국 말잔치로 끝날 그들의 오만과 거만이 가득한 자료들을 보물인 양 내가 왜 보관하고 있었다니 한심스럽다. 하지만 역사는 돌고 돈다고 했다. 사실 내 일기장도 펴 보면 제대로 된 게 없다. 특히 연초에 세웠던 계획이나 다짐들이 지금 그대로 지켜지고 있는 게 과연 몇이나 될까? 남을 탓할 일만도 아닌 것 같다. 우리는 시간의 준엄한 심판을 무서워할 줄 알아야겠다는 생각을 한다.

다음으로는 쓰지 않고 처박아 둔 생활 용품을 정리하기로 했다. 우선 계절이 바뀌면 필요한 양탄자, 돗자리, 이불 종류 중에서 창고에 묵혀 둔 물건은 무조건 버리기로 했다.

아내는 완강하게 반대한다. 버리려고 보니 아내가 나 모르게 홍보관에서 사 온 물건도 더러 섞여 있다. 족보도 알 수 없는 도자기, 쓰지도 못하는 전자기기며 참석만 하면 준다는 유인 상품도 있다. 쓰지도 않는 물건을 좁은 아파트에 잔뜩 쌓아 두고 아파트가 좁아서 살기가 불편하다고 한다. 결국 자신의 어리석음만 나타내고 만다. 현명하게 살아가는 방법이 필요하다. 누구나 크고 넓은 집을 선호한다. 하지만 필요 없는 물건들로 가득한 큰 집은 쓰레기통이나 다름없다. 작지만 오붓하게 꼭 필요한 물건들로 가득한 그런 집이 좋다. 나는 오늘도 버릴 것을 찾는다. 버리고, 버리고 다 버리고 더 이상 버릴 것이 없으면 마지막으로 나도 버려야 할 때도 오겠지. 그때가 오면 주저 없이 나도 버릴 수 있는 마음의 준비를 단단히 해야겠다.

좋은 생각 행복한 여행

공기업에서 30년을 근무하고 정년퇴직 후 처음 4-5년간은 컨설팅 프리랜서로 일했다. 최근 4-5년은 딸 손자, 딸 손녀 키우는 하부지 엄마로 살고 있다. 딸 셋 모두 결혼 후 우리 집 근처로 이사를 와 자연스레 손자, 손녀 돌보미가 되었다. 큰딸은 6살 쌍둥이 딸 손녀, 둘째는 9살 딸 손녀, 6살, 4살 딸 손자 2명. 셋째가 세 살짜리 딸 손자를 보아 6명의 딸 손자, 딸 손녀를 두고 있다. 어느 날 외손자와 엘리베이터를 타고 내려오다 이웃집 새댁을 만났다. 새댁이 대뜸 "딸 손자예요?" 하고 묻는다. 처음에는 무슨 말인가 의아해했는데 요즘 젊은이들은 딸이 낳은 아들을 외손자라 하지 않고 딸 손자로 부른다.

아들과 딸의 차이가 없어졌다는 뜻일 게다. 그래서 나도 외손자 외손녀를 딸 손자, 딸 손녀로 부른다. 큰딸이 사업상 필리핀 세부에 갈 일이 있다며 셋째 딸이랑 가기로 했단다. 아빠 엄마도 딸 손자, 딸 손녀 돌보시느라 힘드시니까 함께 가자고 했다. 나쁘지 않은 제안이라 승낙을 했다.

출국 하루 전에 아내가 둘째 딸네도 함께 가기로 했단다. 갑자기 불안한 생각이 들었다. 나와 아내, 사위, 딸 셋, 딸 손자 손녀 여섯, 내게 딸린 가족 12명이 한 비행기를 타고 해외를 간다고? 외국에서는 형제간에도 같은 비행기는 타지 않는다는데 하물며 3대 12명이 함께 한 비행기를 타고 간다고? 나는 가지 않겠다고 했다. 난리가 났다. 나 때문에 모든 계획이 엉망이 될 처지에 놓였다. 저녁 잠자리에서 아내가 함께 가자고 꼬셨다. 평생 한 번도 안 부리던 애교를 다 부렸다. 나는 불안한 생각을 좋은 생각으로 바꾸기로 했다. 그러한 우여곡절 끝에 4박 5일간 세부로의 가족 여행이 시작되었다.

새벽잠을 설치고 도착한 인천공항, 겨울옷은 벗어서 차에 두고 얼른 공항 터미널로 들어갔다. 식구가 많고 어린이들이 많아 출입국 수속도 만만치 않았다. 면세 지역으로 들어서자 안도의 숨을 쉴 수 있었다. 필리핀 항공에 탑승했다. 우리나라 국적기와는 서비스가 엄청나게 달랐다. 1996년 처음 해외여행 갈 때만 해도 대한민국 국적기 탑승을 꺼렸다. 승무원들이 서비스는 물론 인간적으로도 외국인을 우대하고 자국민은 무시하는 경향이 있었다. 지금은 완전히 달라졌다. 우리가 탄 비행기는 4시간 30분 비행 중에 기체 흔들림이 거의 1시간 이상 계속되었다. 서서히 불안해지기 시작했다. 옆에 있는 가족들의 안위가 엄청 신경이 쓰였다. 그러다가 또 좋은 생각을 하자고 맘 고쳐먹기를 수십 번, 드디어 막탄공항에 안착을 했다.

더웠다. 반소매, 반바지로 갈아입고 샹그리라 리조트 셔틀버스에 올랐다. 거의 1시간 기다린 끝에 예약한 방 3개를 배정받았다. 큰딸 가족 4명, 둘째 딸 가족 4명, 셋째 딸과 손자, 나, 아내 4명이 1개씩 쓰기로 했다. 짐을 풀고 점심은 가져온 라면과 햇반으로 때웠다. 첫날이라 리조트 수영장에서 간단하게 수영을 했다. 물도 맑고 날씨도 좋았다. 불안했던 생각은 순식간에 좋은 생각으로 바뀌고 행복한 여행을 할 생각에 빠졌다. 방학을 맞아 한국에서 휴가 온 가족이 많았다. 바닷물이 너무 맑아서 물고기들이 떼 지어 다니는 것이 다 보였다. 딸 손자, 딸 손녀들이 너무 좋아했다. 필리핀 현지 베이비시터도 불렀다. 다음 날 아침 식사 때 뷔페식당이 너무 붐볐다.

이튿날 아침에는 옆에 있는 어린이 동반 가족 특별 식당에서 식사를 했다. 식단도 어린이 위주로 구성되었고 마술쇼, 현지 음악 연주, 만화 영화 상영 등 어느 재벌가 식사 못지않게 느긋하게 식사를 할 수 있었다.

마지막 날 막탄공항에 도착하니 탑승 인파가 엄청 길었다. 줄을 서서 겨우 출국 수속을 마치고 탑승 게이트에 갔다. 한국이 너무 춥고 눈이 많이 와서 비행기가 연계가 원활치 못했다. 우리가 탑승할 비행기는 2시간 30분 정도 늦어진다고 했다. 비행기에서 잠 자려던 계획은 수포로 돌아갔다. 어른들보다 애들이 문제였다. 우선 쌍둥이는 유모차에 태워서 재우고 나머지 손자, 손녀들은 공항 대합실 의자에 옷을 깔고 눕혔다. 전쟁이 바로 이런 것이구나 하는 생각이 들었다. 항공사에서 지연되어 미안하다고 빵과 음료수를 나누어 줬다.

결국 4시간 늦게 출발하여 오전 8시 40분경에 인천공항에 무사히 도착했다. 날씨가 너무 춥다. 겨울옷으로 갈아입었다. 불안한 생각을 좋은 생각으로 바꾸기를 여러 수십 번 끝에 우리 가족 12명의 4박 5일간 세부 여행은 행복한 마침표를 찍었다. 앞으로는 좋은 생각만 하면서 살아야겠다고 맘먹었다. 좋은 생각은 행복한 결과를 만든다.

노인 냄새

어휘력은 그 사람의 교양의 수준을 나타낸다는 말이 있다. 같은 말이라 해도 '아' 다르고 '어' 다르다. 사람이 나이를 먹었다는 것은 단순히 나이가 많다는 뜻보다는 인생 경험이 풍부해하고 공부를 한 시간이 그만큼 길었다는 말과 같다. 인격의 완성도를 높일 수 있는 기회가 많았다는 뜻으로 해석해도 된다. 노인을 단순하게 늙을 '노', 사람 '인'으로 해석해서 늙은 사람, 젊지 않은 사람으로 이해하면 곤란하다. 그래서 나는 감히 노인을 인생 경험이 풍부한 사람으로, 인격적으로 완성되고 교양이 있고 인간적, 사회적인 면에서 존경을 받을 수 있는 사람이라고 정의하고 싶다.

그래서 노인은 단순한 늙은이가 아니라 국가적, 사회적으로 귀한 자산이다. 서양 속담에 노인 한 사람은 한 개의 도서관과 같다고 했다.

약 24-25년 전 아직 아들딸이 결혼 전 지방 근무 때 주말에만 집에 온 적이 있다. 대전-통영 고속도로 상행선 덕산 휴게소에서 직장 동료랑 늦은 점심을 먹고 있었다. 맞은편에 있던 돌 정도 지났을 애기가 우리를 보고 "할아버지."라고 불렀다. 소리를 듣고 순간 엄청 놀랐다. 처음 듣는 "할아버지."라는 말이 엄청 어색하고 낯설었다. 지금은 손자 손녀가 7명이나 되다 보니 할아버지라는 단어에는 익숙해져 있지만. 나는 복이 많은 것인지 복이 없는 것인지는 몰라도 자녀들 모두가 우리 부부가 살고 있는 아파트에서 반경 1-2km 내에 옹기종기 모여 살고 있어서 싫든 좋든 아침저녁 수시로 얼굴 맞대고 산다.

며칠 전에 쌍둥이 손녀 중 큰놈이 나를 보고 "할아버지에게 냄새 난다."고 했다. 나에게는 놀랄 만큼 큰 충격이었다. 순간적으로 '할아버지 냄새 = 노인 냄새'라고 들렸기 때문이다. 이제는 손녀로부터도 환영을 받지 못하는 사람이 되었구나 생각했다. 사람이 나이 들면 가장 사랑하는 사람들도 멀어지게 된다는 생각을 하니 솔직히 매우 충격적이었다. 알고 보니 손녀가 말한 그 냄새는 노인 냄새가 아니고 아침에 사용한 스킨 냄새였다. 얼마나 다행이었는지(?) 모른다. 얼마 전 딸이 해외여행 갔다 오면서 사다 준 냄새 독한 젊은 사람들이 쓰는 화장품 냄새를 손녀가 할아버지 냄새로 표현했던 것이다. 자기 아빠에게도 "아빠 냄새 나."라고 했단다. 사위도 나랑 같은 종류의 스킨을 쓰고 있었다.

65세가 되면 전철을 공짜로 탑승할 수 있는 경로우대카드를 정부가 만들어 준다. 나도 일주일에 네다섯 번 이 카드를 사용한다. 그렇지만 경로석은 잘 앉지 않고 서서 가거나 자리가 비워져 있으면 일반석에서 앉아 간다. 며칠 전 영등포에 갈 일이 있어 인덕원역을 출발, 금정역에서 1호선으로 바꿔 탔다. 빈자리를 찾아 앉았다. 두 번째 정거장인 안양역에서 사람들이 많이 탔다. 바로 내 앞에 약간 배가 불러 보이는 30대 새댁이 식구들이랑 함께 탔다. 빈자리가 없어서 서서 갈 모양이다. 건너편에는 분명히 임산부 보호석이라는 핑크색 표시가 있음에도 누군가 앉았다. 모두 무표정하게 눈을 감고 졸고 있다. 나는 망설임 없이 얼른 일어서 자리를 양보했다.

어차피 이 자리는 내 자리가 아니고 주인 없는 우리 모두의 자리일 뿐이다. 잠시 내가 먼저 앉아 있었을 뿐이니 양보해도 손해 볼 것도 없다. 앞에는 앉을 자리가 필요한 임산부가 있으니 당연히 이 자리는 그 새댁의 자리로 돌려주는 것이 마땅하다고 생각했다. 별것도 아니고 당연한 일을 했음에도 왜 이렇게 기분이 좋고 뿌듯했다. 돈 한 푼 들이지 않고 이렇게 낯설고 신선한 노인 냄새를 풍겨 보기는 처음이다. 괜히 기분이 좋다. 전철을 탈 때 노약자 보호석이 있는 자리는 탑승구에 표시를 해 두었다. 나는 그 자리에는 줄을 잘 서지 않는다. 나보다 더 나이 드신 어르신들께서 편안하게 가시라는 일종의 젊은 노인의 배려이다. 아직 노인 노릇 하기가 약간 낯설기도 하다.

일부러 노인 냄새를 풍기지 않으려고 노력한다. 왜냐하면 노인이라는 이유로 덕 볼 것이 없다. 전철 공짜로 타는 것 정도이다. 노인 일자리를 보면 확연하게 구분이 간다. 경비원, 미화원, 택배원 등이다. 물론 퇴직을 하고 새롭게 시작하는 일인 만큼 좋고 나쁨을 가릴 처지도 아니다. 하지만 사회 전반적으로 노인은 퇴물, 쓸모가 적은 사람이라는 인식이 지배적이다. 얼마 전에 상영된 〈인턴〉이라는 외국 영화에서 보면 70세에 회사의 인턴으로 재취업하여 나이 어린 여자 경영자를 도와 회사를 살리는 인간 승리의 스토리가 상영된 적도 있다. 우리 사회에서도 얼마든지 많이 있을 법한 내용에 공감을 했다. 문제는 그러한 기회를 우리 사회는 인정해 주고 있지 않을 뿐이다. '젊은 청년들도 직장이 없어 놀고 있는 판에 늙은이들에게까지 돌아갈 좋은 일자리가 어디 있냐고 반문할 수도 있다. 노인들 일자리는 꼭 젊은이들 일자리를 뺏겠다는 것이 아니라 젊은이들로서는 부족한 부문을 도와 가면서 함께 살아가자는 뜻이라고 생각하면 될 것이다. 우리 사회는 모든 문제들을 '제로섬 게임'으로 생각하고 있는 것은 아닌지를 반문해 보고 싶다.

나도 노인 냄새 나는 노인이 되기는 싫다. 인간 냄새 나고 향기 나는 노인으로 살고 싶다. 그래서 매일 아침 손녀 손잡고 유치원 등원도 시키고 손자 녀석 학교도 데려다주고 시간 남으면 세 살짜리 손자 유모차도 태워 주고 싶다. 어려운 이웃 도와주고 시간 나면 아내와 여행도 즐기는 노인 냄새 나지 않는 노인으로 깔끔하게 살고 싶다. 10년 전 유럽 여행 갔을 때 우연히 영화 속 한 장면 같은 모습을 보았다. 노부부가 손잡고 버버리 깃을 세우고 접은 우산을 들고 냇가를 걸어가고 있었다. 아내와 약속을 했다. 우리도 저렇게 살자. 누구나 세월 가면 노인이 된다. 그렇기 때문에 노인 냄새는 사람의 냄새요 완성된 교양인의 향기로운 냄새이기를 마음속으로 기대하면서 산다. 꼴찌 김부장의 노인 냄새는 화려한 노년의 향기로 다시 태어나고 있다.

며칠 전에는 시니어 아미(장년 군대)에 가입했다. 북한의 위협이 고조되고 있는 때 병력 자원이 부족한 실정이다. 만약 전쟁이 나서 병력 자원이 부족 시 대체할 수 있도록 시니어들이 스스로 모여 만든 조직이다. 시니어들이 국가를 위해 충성할 수 있는 기회를 스스로 만들고 전쟁으로부터 우리 가족과 국민을 지킨다는 애국심으로 뭉친 단체이다. 이제부터 우리를 노인이라고 부르지 말라. 나라에 필요한 든든한 자원이 될 다이아몬드급 시니어라 불러 다오.

꼴찌 김부장의 화려한 노년

ⓒ 김진혁, 2024

초판 1쇄 발행 2024년 4월 4일

지은이   김진혁
펴낸이   이기봉
편집   좋은땅 편집팀
펴낸곳   도서출판 좋은땅
주소   서울특별시 마포구 양화로12길 26 지월드빌딩 (서교동 395-7)
전화   02)374-8616~7
팩스   02)374-8614
이메일   gworldbook@naver.com
홈페이지   www.g-world.co.kr

ISBN   979-11-388-2875-8 (03810)